suhrkamp taschenbuch 1104

Robert Walser
Sämtliche Werke in Einzelausgaben
Herausgegeben von Jochen Greven

Vierter Band

Robert Walser, 1878 in Biel in der Schweiz geboren, lebte als junger Dichter und Commis in Zürich und anderen Städten seiner Heimat, dann als freier Schriftsteller in Berlin, wiederum in Biel und schließlich in Bern. Er starb 1956, nach Jahrzehnten stiller Zurückgezogenheit als Anstaltspatient.

Die dritte Sammlung der Kurzprosastücke Robert Walsers ist 1914/15 erstmals bei Kurt Wolff erschienen. Sie umfaßt 88 Arbeiten aus seinen Berliner und Bieler Jahren. Im März 1913 war Robert Walser, nach mehrjährigem Aufenthalt in Berlin, endgültig in die Schweiz, in seinen Geburtsort Biel zurückgekehrt. Walsers in Biel entstandene Prosastücke – viele seiner reizvollsten Schilderungen von Wanderungen und Spaziergängen – spiegeln ein neues Lebensgefühl. «Schon deshalb müßte man diese kleinen Dichtungen Walsers lieben ... weil die deutsche Literatur arm ist an so leichten, zierlichen, anmutigen Gebilden. Hier ist alles Schwere, alle Tragik, alles Problematische abgefallen aus dem Leben: ... Den Begriff Schuld kennt man nicht in dieser Walser-Welt, selbst das Elend löst sich zur Anmut ... Der Dichter erzählt uns in kleinen, luftigen, zierlich und sorgfältig hingetuschten Skizzen von den vielen Menschen, Landschaften und Abenteuern seiner reizenden Welt. Wir aber lesen diese Stückchen, Briefchen, Lebensläufe, Begegnungen, Träumereien, Reminiszenzen, Naturstudien mit einer Anteilnahme, die eine melancholische Sehnsucht in sich birgt. Denn vielleicht hat so einst Gott die Welt geträumt ... eine Welt, in der man nie verzweifelt, sondern höchstens staunt, in der das Leid sich löst in Betrachtung und schwebendes Vergnügen.» *Kurt Pinthus*

KLEINE DICHTUNGEN

Ich wanderte und wandre noch,
doch war mein Gehn nicht immer gleich.
Bald trug ich Heiterkeit mit mir.
Bald, wie es auch dem Himmel geht,
verlor sich plötzlich meine Lust
in einen langen Tag von Leid –

BRIEF EINES DICHTERS AN EINEN HERRN

Auf Ihren Brief, hochverehrter Herr, den ich heute abend auf dem Tisch fand, und worin Sie mich ersuchen, Ihnen Zeit und Ort anzugeben, wo Sie mich kennenlernen könnten, muß ich Ihnen antworten, daß ich nicht recht weiß, was ich Ihnen sagen soll. Einiges und anderes Bedenken steigt in mir auf, denn ich bin ein Mensch, müssen Sie wissen, der nicht lohnt, kennengelernt zu werden. Ich bin außerordentlich unhöflich, und an Manieren besitze ich so gut wie nichts. Ihnen Gelegenheit geben, mich zu sehen, hieße, Sie mit einem Menschen bekannt machen, der seinen Filzhüten den Rand mit der Schere halb abschneidet, um ihnen ein wüsteres Aussehen zu verleihen. Möchten Sie einen solchen Sonderling vor Augen haben? Ihr liebenswürdiger Brief hat mich sehr gefreut. Doch Sie irren sich in der Adresse. Ich bin Der nicht, der verdient, solcherlei Höflichkeiten zu empfangen. Ich bitte Sie: Stehen Sie sogleich ab von dem Wunsch, meine Bekanntschaft zu machen. Artigkeit steht mir schlecht zu Gesicht. Ich müßte Ihnen gegenüber die notwendige Artigkeit hervorkehren; und das eben möchte ich vermeiden, da ich weiß, daß artiges und manierliches Betragen mich nicht kleidet. Auch bin ich nicht gern artig; es langweilt mich. Ich vermute, daß Sie eine Frau haben, daß Ihre Frau elegant ist, und daß bei Ihnen so etwas wie ein Salon ist. Wer sich so feiner und schöner Ausdrücke bedient wie Sie, hat einen Salon. Ich aber bin nur Mensch auf der Straße, in Wald und Feld, im Wirtshaus und in meinem eigenen Zimmer; in irgend jemandes Salon stünde ich da wie ein Erztölpel. Ich bin noch nie in einem Salon gewesen, ich fürchte mich davor; und als Mann von gesunder Vernunft muß ich meiden, was mich ängstigt. Sie sehen, ich bin offenherzig. Sie sind wahrscheinlich ein wohlhabender Mann und lassen wohlhabende Worte fallen. Ich dagegen bin arm, und alles, was ich spreche, klingt nach Ärmlichkeit. Entweder würden Sie mich mit Ihrem Hergebrachten oder ich würde mit meinem Hergebrachten Sie verstimmen. Sie machen sich keine Vorstellung davon, wie aufrichtig ich den Stand, in welchem ich lebe, bevorzuge und liebe. So arm ich bin, ist es mir doch bis heute noch nie eingefallen, mich zu beklagen; im Gegenteil: ich schätze, was mich umgibt, so hoch, daß ich stets eifrig bemüht bin, es zu hüten. Ich wohne in einem wüsten, alten Haus, in einer Art von Ruine. Doch das macht mich glücklich. Der Anblick armer Leute und armseliger Häuser macht mich glücklich; so sehr ich auch denke, wie wenig Grund Sie haben, dies zu begreifen. Ein bestimmtes Gewicht und eine gewisse Menge von Verwahrlosung, von Verlotterung und von Zerrissenheit muß um mich sein: sonst ist mir das Atmen eine Pein. Das Leben würde mir zur Qual, wenn ich fein, vortrefflich und elegant sein sollte. Die Eleganz ist mein Feind, und ich will lieber versuchen, drei Tage lang nichts zu essen, als mich in die gewagte Unternehmung verstricken, eine Verbeugung zu machen. Verehrter Herr, so spricht nicht der Stolz, sondern der ausgesprochene Sinn für Harmonie und Bequemlichkeit. Warum sollte ich sein, was ich nicht bin, und nicht sein, was ich bin? Das wäre eine Dummheit. Wenn ich bin, was ich bin, bin ich mit mir zufrieden; und dann tönt alles, ist alles gut um mich. Sehen Sie, es ist so: schon ein neuer Anzug macht mich ganz unzufrieden und unglücklich; woraus ich entnehme, wie ich alles, was schön, neu und fein ist, hasse und wie ich alles, was alt, verschabt und verbraucht ist, liebe. Ich liebe Ungeziefer nicht gerade; ich möchte Ungeziefer nicht geradezu essen, aber Ungeziefer stört mich nicht. In dem Haus, in welchem ich wohne, wimmelt es von Ungeziefer: und doch wohne ich gern in dem Haus. Das Haus sieht aus wie ein Räuberhaus, zum ans Herz Drücken. Wenn alles neu und ordentlich ist in der Welt, dann will ich nicht mehr leben, dann morde ich mich. Ich fürchte also quasi etwas, wenn ich denken soll, ich solle mit einem vornehmen und gebildeten Menschen bekannt werden. Wenn ich befürchte, daß ich Sie nur störe und keine Förderlichkeit und Erquicklichkeit für Sie bedeute, so ist die andere Befürchtung ebenso lebendig in mir, nämlich die (um ganz und gar offen zu reden), daß auch Sie mich stören und mir nicht erquicklich und erfreulich sein könnten. Es ist eine Seele in eines jeden Menschen Zustand; und Sie müssen unbedingt erfahren, und ich muß Ihnen das unbedingt mitteilen: ich schätze hoch, was ich bin, so karg und ärmlich es ist. Ich halte allen Neid für eine Dummheit. Der Neid ist eine Art Irrsinn. Respektiere jeder die Lage, in der er ist: so ist jedem gedient. Ich fürchte auch den Einfluß, den Sie auf mich ausüben könnten; das heißt: ich fürchte mich vor der überflüssigen innerlichen Arbeit, die getan werden müßte, mich Ihres Einflusses zu erwehren. Und deshalb renne ich nicht nach Bekanntschaften, kann nicht danach rennen. Jemand Neues kennenlernen: das ist zum mindesten stets ein Stück Arbeit, und ich habe mir bereits erlaubt, Ihnen zu sagen, daß ich die Bequemlichkeit liebe. Was werden Sie denken von mir? Doch das muß mir gleichgültig sein. Ich will, daß mir das gleichgültig sei. Ich will Sie auch nicht um Verzeihung wegen dieser Sprache bitten. Das wäre Phrase. Man ist immer unartig, wenn man die Wahrheit sagt. Ich liebe die Sterne, und der Mond ist mein heimlicher Freund. Über mir ist der Himmel. Solange ich lebe, werde ich nie verlernen, zu ihm hinaufzuschauen. Ich stehe auf der Erde: dies ist mein Standpunkt. Die Stunden scherzen mit mir, und ich scherze mit ihnen. Ich vermag mir keine köstlichere Unterhaltung zu denken. Tag und Nacht sind meine Gesellschaft. Ich stehe auf vertrautem Fuß mit dem Abend und mit dem Morgen. Und hiermit grüßt Sie freundlich der arme junge Dichter.

MITTAGSPAUSE

Ich lag eines Tages, in der Mittagspause, im Gras, unter einem Apfelbaum. Heiß war es, und es schwamm alles in einem leichten Hellgrün vor meinen Augen. Durch den Baum und durch das liebe Gras strich der Wind. Hinter mir lag der dunkle Waldrand mit seinen ernsten, treuen Tannen. Wünsche gingen mir durch den Kopf. Ich wünschte mir eine Geliebte, die zum süßen duftenden Wind paßte. Da ich nun die Augen schloß und so dalag, mit gegen den Himmel gerichtetem Gesichte, bequem und träg auf dem Rücken, umsummt vom sommerlichen Gesumm, erschienen mir, aus all der sonnigen Meeres- und Himmelshelligkeit herab, zwei Augen, die mich unendlich liebenswürdig anschauten. Auch die Wangen sah ich deutlich, die sich den meinigen näherten, als wollten sie sie berühren, und ein wunderbar schöner, wie aus lauter Sonne geformter, feingeschweifter und üppiger Mund kam aus der rötlich-bläulichen Luft nahe bis zu dem meinigen, ebenfalls so, als wolle er ihn berühren. Das Firmament, das ich zugedrückten Auges sah, war ganz rosarot, umsäumt von edlem Sammetschwarz. Es war eine Welt von lichter Seligkeit, in die ich schaute. Doch da öffnete ich dummerweise plötzlich die Augen, und da waren Mund und Wangen und Augen verschwunden, und des süßen Himmelskusses war ich mit einmal beraubt. Auch war es ja Zeit, in die Stadt hinunterzugehen, in das Geschäft, an die tägliche Arbeit. Soviel ich mich erinnere, machte ich mich nur ungern auf die Beine, um die Wiese, den Baum, den Wind und den schönen Traum zu verlassen. Doch in der Welt hat alles, was das Gemüt bezaubert und die Seele beglückt, seine Grenze, wie ja auch, was uns Angst und Unbehagen einflößt, glücklicherweise begrenzt ist. So sprang ich denn hinunter in mein trockenes Bureau und war hübsch fleißig bis an den Feierabend.

DIE GÖTTIN

Ich ging einst, ganz in Gedanken, die elegante Hauptstraße entlang. Viele Menschen spazierten in derselben. Die Sonne schien so freundlich. Die Bäume waren grün, der Himmel war blau. Ich weiß nicht mehr genau, ob es Sonntag war. Ich erinnere mich nur, daß etwas Süßes, etwas Freundliches um mich war. Doch etwas noch Schöneres sollte folgen, indem sich nämlich vom ungewissen leichten Himmel herab eine schneeweiße Wolke auf die Straße niedersenkte. Die Wolke glich einem großen und graziösen Schwan, und auf dem weichen, weißen, flaumigen Rücken der Wolke saß, in liegender Haltung, den Arm nachlässig ausgestreckt, voller freundlicher, kindlicher Majestät, eine nackte Frau. So hatte ich mir stets die Göttinnen aus Griechenland vorgestellt. Die Göttin lächelte, und alle Menschen, die sie sahen, waren genötigt, mitzulächeln, bezaubert von der holdseligen Schönheit. O wie ihr Haar in der Sonne schimmerte! Mit ihren großen blauen gütigen Augen schaute sie die Welt an, die sie gleichsam mit ihrem hohen kurzen Besuch beehrte. Die Wolke flog auf, gleich einem Luftschiff, und nach kurzer Zeit war mir und allen andern der herrliche Anblick wieder entschwunden. Da gingen die Leute ins nächstgelegene Kaffeehaus und erzählten einander die wunderbare Neuigkeit. Noch schien die Sonne freundlich, auch ohne Göttin.

DER NACHEN

Ich glaube, ich habe diese Szene schon geschrieben, aber ich will sie noch einmal schreiben. In einem Nachen, mitten auf dem See, sitzen ein Mann und eine Frau. Hoch oben am dunklen Himmel steht der Mond. Die Nacht ist still und warm, recht geeignet für das träumerische Liebesabenteuer. Ist der Mann im Nachen ein Entführer? Ist die Frau die glückliche, bezauberte Verführte? Das wissen wir nicht; wir sehen nur, wie sie beide sich küssen. Der dunkle Berg liegt wie ein Riese im glänzenden Wasser. Am Ufer liegt ein Schloß oder Landhaus mit einem erhellten Fenster. Kein Laut, kein Ton. Alles ist in ein schwarzes, süßes Schweigen gehüllt. Die Sterne zittern hoch oben am Himmel und auch von tief unten aus dem Himmel herauf, der im Wasserspiegel liegt. Das Wasser ist die Freundin des Mondes, es hat ihn zu sich herabgezogen, und nun küssen sich das Wasser und der Mond wie Freund und Freundin. Der schöne Mond ist in das Wasser gesunken wie ein junger kühner Fürst in eine Flut von Gefahren. Er spiegelt sich im Wasser, wie ein schönes liebevolles Herz sich in einem andern liebesdurstigen Herzen widerspiegelt. Herrlich ist es, wie der Mond dem Liebenden gleicht, ertrunken in Genüssen, und wie das Wasser der glücklichen Geliebten gleicht, umhalsend und umarmend den königlichen Liebsten. Mann und Frau im Boot sind ganz still. Ein langer Kuß hält sie gefangen. Die Ruder liegen lässig auf dem Wasser. Werden sie glücklich, werden sie glücklich werden, die zwei, die da im Nachen sind, die zwei, die sich küssen, die zwei, die der Mond bescheint, die zwei, die sich lieben?

PIEROT

Auf den Maskenball war auch ein langer, hochaufgeschossener, ungelenkiger Gesell gekommen. Er nannte sich Pierot. Vielleicht wäre es für ihn besser getan gewesen, hübsch ruhig zu Hause zu bleiben und zwischen seinen eigenen vier Wänden Trübsal zu blasen, als hier im schönen Vergnügungssaal durch Langeweile hervorzuragen. Er schlenkerte und schleuderte die langen Arme hin und her. Es sah zum Verzweifeln aus, wie er seinen Kopf zur Erde hängen ließ. Wo wollte er hinaus mit sich, und was gedachte er auf dem lustigen Maskenball zu beginnen? Übermütig tanzten die Liebespaare rund um ihn herum. O wie schön die Kerzen strahlten, wie süß die Musik spielte! War es nicht, als wenn Mondstrahlen in den Saal hineinfliegen? Pierot legte sich, wie ein geschlagener Hund, in einen Winkel an den Boden und schlug die Hände über dem Kopf zusammen. Unterdessen wirbelte und wedelte und hüpfte, einem artigen, guterzogenen Hündchen gleich, die Tanzlust hin und her. Gläser klirrten, Pfropfen knallten, Wein wurde getrunken, und Gelächter ertönte. Ein glühender Verehrer hatte die Geliebte und abgöttisch Verehrte aus den Augen verloren und suchte sie. Ein anderer, vom Entzücken hingerissen, kniete vor der Dame seines Herzens nieder. Zwei Glückliche küßten und liebkosten sich. Jedermann schien das Seinige zu haben. Alles war bewegt; alles war in Bewegung. Nur er, der arme, arme Pierot, war unbeweglich. Für ihn gab es keine Lust. Er begriff sich selbst und die Welt nicht. Leblos, einer weißen Statue ähnlich, oder einem Gemälde ähnlich, lag er da und schaute verständnislos vor sich hin. Ein kaum merkliches trauervolles Lächeln spielte ihm um die blassen Lippen. Sein Gesicht war ganz mehlern. Er hatte sich gepudert, der Dummkopf. Armer Dummkopf, armer Bursche! Wo alles außer sich war, wo alles lebte und lachte, wo alles, was Beine hatte, tanzte und Luftsprünge machte, glich er dem tödlich getroffenen Verwundeten, verblutend an den spitzfindigen, dolchähnlichen Melancholien. Ja, er hätte zu Hause blei-

ben sollen. Derlei hoffnungslose Menschen sollen der Lust, dem Glanz, dem Glück und der Freude fernbleiben Sie sollen in der Einsamkeit leben.

SOMMERFRISCHE

Was tut man in der Sommerfrische? Du mein Gott, was soll man viel tun? Man erfrischt sich. Man steht ziemlich spät auf. Das Zimmer ist sehr sauber. Das Haus, das du bewohnst, verdient nur den Namen Häuschen. Die Dorfstraßen sind weich und grün. Das Gras bedeckt sie wie ein grüner Teppich. Die Leute sind freundlich. Man braucht an nichts zu denken. Gegessen wird ziemlich viel. Gefrühstückt wird in einer lauschigen, sonnendurchstochenen Gartenlaube. Die appetitliche Wirtin trägt das Frühstück auf, du brauchst nur zuzugreifen. Bienen summen um deinen Kopf herum, der ein wahrer Sommerfrischenkopf ist. Schmetterlinge gaukeln von Blume zu Blume, und ein Kätzchen springt durch das Gras. Ein wunderbarer Wohlgeruch duftet dir in die Nase. Hiernach macht man einen Spaziergang an den Rand eines Wäldchens, das Meer ist tiefblau, und muntere braune Segelschiffe fahren auf dem schönen Wasser. Alles ist schön. Es hat alles einen gewinnenden Anstrich. Dann kommt das reichliche Mittagessen, und nach dem Mittagessen wird unter Kastanienbäumen ein Kartenspiel gespielt. Nachmittags wird im Wellenbad gebadet. Die Wellen schlagen dich mit Erfrischung und Erquickung an. Das Meer ist bald sanft, bald stürmisch. Bei Regen und Sturm bietet es einen großartigen Anblick dar. Nun kommen die schönen stillen Abende, wo in den Bauernstuben die Lampen angezündet werden und wo der Mond am Himmel steht. Die Nacht ist ganz schwarz, kaum durch ein Licht unterbrochen. Etwas so Tiefes sieht man nirgends. So kommt ein Tag nach dem andern, eine Nacht nach der andern, in friedlicher Abwechslung. Sonne, Mond und Sterne erklären dir ihre Liebe, und du ihnen ebenfalls. Die Wiese ist deine Freundin, und du ihr Freund, du schaust während des Tages öfters hinauf in den Himmel und hinaus in die weite zarte weiche Ferne. Am Abend, zur bestimmten Stunde, ziehen die Rinder und Kühe ins Dorf hinein, und du schaust zu, du Faulenzer. Ja, in der Sommerfrische wird ganz gewaltig gefaulenzt, und eben das ist ja das Schöne.

FRAU VON TWANN

Waren Sie schon einmal bei Frau von Twann? Nicht? Dann beeilen Sie sich, dieser Frau eine Artigkeit zu sagen, damit Sie eine Einladung bekommen, bei ihr zum Essen zu erscheinen. Frau von Twann ist geistvoll, aber sie ist noch mehr als das, sie ist schön. Sie ist in ihrer Art eine reife Birne, weich, doch von ausnehmend schöner Form. Das Essen, das sie gibt, ist vorzüglich; die Weine sind ausgezeichnet. Doch das ist das wenigste. Wenn du Frau von Twann die Hand küßt, schwebst du schon im Himmel. Ein Lächeln hat diese Frau. Geh hin zu ihr und sieh zu, daß sie dir ein Lächeln schenkt. Ihr Lächeln ist wie ein Kuß. Sie weiß das, und daher hütet sie sich, es zu verschwenden. Die Blumen, die Lichter, die Musik bei Frau von Twann. Schon der bloße Gedanke macht mich schwelgen. B . . ., dieser Kenner der Genüsse, lechzt danach, der seltenen Frau vorgestellt zu werden, und sie wird sicherlich den ausgezeichneten Mann gern empfangen. Sie besitzt Geschmack, doch sie besitzt mehr, sie besitzt Größe. Sie ist von einer Munterkeit durchdrungen, die auf denjenigen überspringt, der die Freude empfindet, sich an der Unterhaltung beteiligen zu dürfen, deren Lenkerin und Leiterin sie ist. Sie ist die Herrin und Gebieterin vieler reizender Einfälle, und zu wem sie ein Wort spricht, der ist von ihr bezaubert. Ihr Eßzimmer ist schneeweiß, von zartem Gold durchbrochen. Süße Malereien schmücken die Wände. Der Empfangsraum ist grün, gleich der frohlockenden Hoffnung, die Gunst der Herrin des Hauses zu gewinnen. Wer bei ihr im Hause ist, der muß frohlocken, ob er will oder nicht. Die Bedienung ist tadellos. Die Diener der Frau von Twann sind derart einexerziert, daß man gar nicht merkt, daß sie überhaupt da sind. Kann man einer Dienerschaft ein besseres Zeugnis ausstellen? Die unsichtbare Musik, die während des Essens in die Ohren der Schmausenden niederträufelt, ist so schön, daß man sich einbildet, Mozart selbst dirigiere sie. Poeten tragen gern bei Frau von Twann ihre neuesten, noch ganz warmen und feuchten Gedichte vor, und sie ernten meist reichen Beifall, den sie redlich verdienen. Wen lädt die holde hohe Frau ein? Nun, alle, die von der Absicht beseelt sind, sich ehrlich zu amüsieren. Sie liebt die Ausgelassenheit. O das Mondlicht, das zarte, silberne, das dort in die heimlichen, duftenden Gemächer hineinbricht. Eines ihrer Zimmer ist ganz blau, wie ein Himmel. Dorthin verlieren sich die Liebenden, um sich zu küssen. Noch hat kein Mensch sich bei Frau von Twann gelangweilt. Das müßte ein elender Mensch sein, der sich bei der Liebenswürdigen,

Anbetenswerten langweilen könnte. Aber das ist ja unmöglich. Sie macht den, der sie kennenlernt, zum guten, edlen und unterhaltenden Menschen.

DIE INSEL

Ein Hochzeitspaar aus Berlin ging auf die Reise. Die Fahrt war lang. Endlich kamen die beiden jungen Vermählten in einer Stadt an, die war ganz aus roten ernsten Steinen gebaut, und ein breiter blauer Strom floß daran vorüber. Ein hoher majestätischer Dom spiegelte sich im Spiegel des Wassers. Doch die Stadt schien ihnen nicht geschaffen, längeren Aufenthalt zu nehmen, und sie zogen weiter, und da es regnete, spannten sie einen großen Regenschirm auf und versteckten sich unter demselben. Sie kamen vor ein altes, in einem weitläufigen Garten verborgenes Schloß und gingen schüchtern hinein. Eine schöne steinerne Wendeltreppe, geschaffen wie für einen regierenden Fürsten, führte hinauf ins erste Stockwerk. Alte dunkle Gemälde hingen an den hohen, schneeweißen Wänden. Sie klopften an einer schweren alten Türe. «Herein.» Und da saß, in eine gelehrte geheimnisvolle Arbeit vertieft, ein uraltes Männchen am Schreibtisch. Die Leute aus Berlin fragten, ob sie im Schloß wohnen könnten, es gefiel ihnen. Doch es war nichts anzufangen mit dem alten Mann, der nur schwerfällig den Kopf schüttelte. So zogen sie weiter. Sie kamen in ein Schneegestöber hinein, arbeiteten sich aber wieder heraus, und so ging es fort durch Wälder, Dörfer und Städte. Nirgends wollte sich ein passendes Lustplätzchen ausfindig machen lassen, und in den Hotels waren obendrein noch die Kellner frech, die Spitzbuben. Sie übernachteten einmal in einem Hotel, wo es freilich die weichsten und schönsten Roßhaarbetten gab und liebliche Gardinen vor den Fenstern, aber die Preise, unverschämt teuer, drückten ihnen beinahe das Herz ab. Bis nach Venedig kamen sie, zu den höhnischen Italienern. Die Schurken, sie singen Serenaden, pressen aber dafür den Fremden das Geld mit Hebeln und mit Schrauben ab. Schließlich hatten sie Glück. Sie erblickten aus der Ferne, mitten in einen anmutigen See gelegt, eine liebliche, hellgrün schimmernde Insel, auf diese steuerten sie zu, und dort fanden sie es so schön, daß sie nicht mehr fort konnten. Sie blieben auf der Insel wohnen. Die Insel glich an landschaftlicher Schönheit einem holden süßen Mädchenlächeln. Dort logierten sie und waren glücklich.

META

Es trug sich zu, daß ich eines Nachts, nur noch dunkel erinnere ich mich der kleinen aber rührenden Szene, von einer wilden Trinkwanderung verstört und taumelnd heimkehrend, in einer der monotonen Straßen der großen Stadt eine Frau antraf, die mich aufforderte, mit ihr nach Hause zu gehen. Es war keine schöne und doch eine schöne Frau. Entsprechend dem Zustand, in welchem ich mich befand, richtete ich allerhand mich selber höchlich belustigende, törichte, wenngleich vielleicht witzige Redensarten an das nächtliche Geschöpf, wobei ich mit der Gabe, die den Leuten eigen ist, die einen Rausch haben, merkte, daß ich ihr sehr amüsant erschien. Noch mehr: ich gefiel ihr, und ich gewann den Eindruck, daß sie sich einer liebenswürdigen Schwäche in bezug auf mich hinzugeben begann. Ich wollte sie verlassen, doch sie ließ mich nicht los, und sie sagte: «O, geh nicht von mir weg. Komm mit mir, lieber Freund. Willst du kaltherzig sein und nichts empfinden für mich? Nicht doch. Du hast viel getrunken, du kleines Kerlchen. Trotzdem sieht man dir an, daß du lieb bist. Willst du nun böse sein und mich so schmählich abweisen, wo doch ich dich so rasch liebgewonnen habe? Nicht doch. O, wenn du wüßtest – – doch man darf ja den Herren nicht mit Gefühlen kommen, sonst verachten und verlachen sie unsereinen nur. Wenn du wüßtest, was ich leide unter der Kälte, unter der Leere all dieser Sinnlichkeiten, die mein trauerspielgleiches, schreckenerregendes Gewerbe sind. Ich erschien mir bis heute nur immer wie ein Ungeheuer, wert, mit Fußtritten behandelt zu werden. Ich habe jetzt eine milde, süße, fromme Empfindung in mir, erweckt durch dich, mein Lieber, und du, du willst mich jetzt wieder in den Scheusalabgrund zurückwerfen? Nicht doch. Bleib, bleib, und komm mit mir. Wir wollen die ganze Nacht verscherzen miteinander. O, ich werde dich zu unterhalten wissen, du sollst sehen. Wer Freude hat, ist der nicht am ehesten zur Unterhaltung geschaffen? Und ich, ich habe jetzt, nach langer, langer Zeit, wieder einmal eine Freude. Weißt du, was das für mich, die Entmenschte, bedeutet? Weißt du das? Du lächelst? Du lächelst hübsch, und ich liebe dein Lächeln. Und willst du nun lieblos, und ganz entfernt von aller schönen Freundschaft, treten auf die Freude, die ich bei deinem Anblick empfinde? Willst du zerstören und zunichte machen, was mich glücklich, was mich, nach so langer, langer Zeit, wieder einmal glücklich macht? Süßer Freund! Soll ich, nachdem ich immer mit dem Grausen und mit dem bleiernen Entsetzen mich habe einlassen müssen, nun mich nicht auch einmal mit dem wahrhaftigen Vergnügen befassen dürfen? Sei nicht grausam. Bitte, bitte. Nein, du wirst es nicht bereuen. Du wirst die Stunden, mit der Verachteten und Entehrten zugebracht, willkommen heißen und in deinem Innern segnen. Sei weich und komm mit mir. Sei sonst meinetwegen nie weich, aber jetzt, jetzt sei es und knüpfe vertraulich an mit der Geschmähten. Sieh, wie die Tränen mir in die Augen kommen, und höre, wie ich flehe. Wenn du gehst, ohne freundlich zu mir zu sein, ist mir alles schwarz vor den Augen; hingegen, wenn du lieb bist, strahlt in der Nacht die helle Sonne. Sei du heute nacht der glückversprechende, freundliche Stern an meinem Himmel. Du bist gerührt? Du gibst mir die Hand? Du willst mit mir kommen? Du liebst mich?» – –

Nachwort: Könnte dies nicht Kirke sein, die den seefahrenden ritterlichen Griechen bittet, bei ihr zu bleiben? Er will heim, doch sie, sie fleht ihn an, sie nicht zu verlassen. Sie ist eine böse Zauberin, die diejenigen, die sie anschaut, in grunzende Schweine verwandelt. Sie bestreitet es zwar; sie sagt, sie sei keine böse Zauberin, sondern unterliege selber dem bösen Zauber. Das kann schon möglich sein. Übrigens ist sie rührend schön. Sie besitzt eine weiche, lispelnde Stimme, und aus ihren meergrünen und -blauen Augen, wie wir sie oft bei ausländischen Katzen sehen, bricht ein wunderbarer, stolzer und lieber Glanz. Sie ist nicht unglücklich und doch auch wieder nicht glücklich. Bei dem Griechen sucht und findet sie ihr Glück, und nun will er sie verlassen, um zur harrenden

Gattin zurückzukehren. O zartes Trauerspiel. Unter anderem sagt sie ihm, daß die Gefährten sich ja ganz von selbst in Schweine verwandelt hätten. Nicht bei ihr, sondern bei ihnen selber sei die Schande und die Schuld zu suchen. Weil sie wollen Schweine sein, sind sie's. Sie lächelt, und in das Lächeln schleicht sich eine Träne. Sie ist ironisch und zugleich tiefernst, frivol und gleichzeitig schwermütig. «Siehst du denn nicht», spricht sie, seine Hand erfassend, «daß nicht ich die Zauberin jetzt bin, sondern daß du der Zauberer bist? O, sei mein Freund, mein Schützer, mein lieber, herrlicher Zauberer. Schütze mich vor der Kirke. Ich bin nicht die Kirke, wenn du bei mir bist. Sie geht weg, wenn du nicht weggehst.» So redet sie und überschüttet ihn mit süßen Liebkosungen, doch er, er – – geht. Er überläßt sie der Kirke, er überläßt sie sich selbst, er überläßt sie der ihr innewohnenden Grausamkeit, er überläßt sie der Schmach, deren Sklavin sie ist. Kann er gehen? Ist er so hart?

FUSSWANDERUNG

Wie war der Mond auf dieser Wanderung schön, und wie blitzten und liebäugelten die guten, zarten Sterne aus dem hohen Himmel auf den stürmischen ungeduldigen Fußgänger herab, der da fleißig weiter und weiter marschierte. War er ein Dichter, der da von dem leuchtenden Tag in den sanften blassen Abend hineinlief? Wie? Oder war es ein Vagabund? Oder war er beides? Gleichviel, gleichviel: Glücklich war er und bestürmt von beunruhigendem Sehnen. Das Sehnen und Suchen, das Niebefriedigtsein und der Durst nach Schönheit trieben ihn vorwärts, und hinter, weit hinter ihm schlummerten die bilderreichen Erinnerungen. Was hinter ihm lag, ging ihm durch den Wanderkopf, und was Unbekanntes vor ihm lag, zog wie Musik durch seine begierige Seele. Die Sonne brannte, und der Himmel war blau, und der blaue weite große Himmel schien sich immer mehr auszudehnen, als werde, was groß sei, immer größer, und was schön sei, immer schöner, und was unaussprechlich sei, immer unermeßlicher, unendlicher und unaussprechlicher. Aus goldendunklen, dämonisch blitzenden Abgründen duftete edle wilde Romantik herauf, und Zaubergärten schienen rechts und links von der Landstraße zu liegen, lokkend mit reifen, süßen, schönfarbenen Früchten, lockend mit geheimnisvollen unbeschreiblichen Genüssen, die die Seele schon schmelzen und schwelgen machen im bloßen flüchtig-zuckenden Gedanken. O was war das für ein lustiges, tanzendes Marschieren, und dazu zwitscherten die Vögel, daß das Ohr am Gesang noch lange hing, wenn es von dem Herrlichen schon nichts mehr hörte, daß das Herz meinte aus dem Leib heraustreten und in den Himmel hinauffliegen zu müssen. Dörfer wechselten mit weiten Wiesen, Wiesen mit Wäldern und Hügel mit Bergen ab, und wenn der Abend kam, wie wurde da nach und nach alles leiser und leiser. Schöne Frauen traten aus dem Düster, Geflüster und Dunkel groß hervor und grüßten mit stiller, königinnen- und kaiserinnengleicher Gebärde den Wanderer. Und wie war es doch erst in den stillen, von der heißen mittäglichen Sonne beschienenen und verzauberten Dörfern, wo das heimelige Pfarrhaus stand in der grünen rätselhaften Gasse, und die Leute dastanden mit großgeöffneten, erstaunten und sorgsam forschenden und fragenden Augen. Wunderbar war das Einkehren in das Gasthaus und das Schlafen im sauberen, nach frischem Bettzeug duftenden Gasthausbett. Das Zimmer roch zum Entzücken nach reifen Äpfeln, und am frühen Morgen stellte sich der Wanderbursche an das offene Fenster und schaute in die bläulich-goldene, grüne und weiße Morgenlandschaft hinaus und atmete die süße Morgenluft in seine wildbewegte Brust hinein, von all der Schönheit, die er sah, überwältigt. Wieder und wieder wanderte er weiter, mit heiteren und mit düsteren Gedanken, unter dem Tag- und unter dem Nachthimmel, unter der Sonne und unter dem Mond, unter schmerzenden und unter glücklich lächelnden Gefühlen. Ach, und wie schmeckten ihm Käs und Brot und die zwiebelbelegte köstliche, ländlich zubereitete Bratwurst. Denn wenn dem rüstigen Wandersmann das Essen nicht schmeckt, wem sonst soll es dann noch schmecken?

DER KUSS (I)

Was habe ich Merkwürdiges geträumt? Was widerfuhr mir? Welch eine seltsame Heimsuchung ist gestern nacht, als ich im Schlafe dalag, urplötzlich, wie aus einem hohen Himmel herab, dem fürchterlichen Blitz ähnlich, über mich gekommen? Ahnungslos und willenlos und gänzlich bewußtlos, der Sklave des Schlafes, der mich fesselte und mich in seinen Kerker schloß, lag ich da, ohne Wehr und ohne Waffen, ohne Voraussetzung und ohne Verantwortung (denn im Schlaf ist man unverantwortlich), als das Herrliche und Schreckliche, das Große und Süße, das Liebe und Furchtbare, das Entzückende und

Entsetzliche über mich herfuhr, als wolle es mich mit seinem Druck und Kuß ersticken. Der Schlaf hat innere Augen, und so muß ich denn gestehen, daß ich mit einer Art von zweiten und anderen Augen dasjenige sah, was auf mich zustürzte. Ich sah es, wie es mit Windes- und Blitzesgeschwindigkeit, den unendlichen Raum zerschneidend, aus der unermeßlichen, gigantenartigen Höhe herabschoß auf meinen Mund. Ich sah's, und ich war entsetzt, und ich war doch nicht imstande, mich zu bewegen und mich zu wehren. Auch hörte ich sein Nahen. Ich hörte es. Ich sah und hörte den niegesehenen, nieerlebten Kuß, der mit Worten nicht zu beschreiben ist, ganz wie mit Worten, die die Sprache enthält, nicht das Grausen und das Freuen zu beschreiben ist, welches mich schüttelte. Der Kuß in Träumen hat nichts gemein mit dem zarten, sanften, beidseitig gewollten und gewünschten Kuß in der Wirklichkeit. Es war nicht ein Mund, der mich küßte, nein, es war ein Kuß in der Alleinigkeit und Einzigkeit. Es war ein Kuß, der völlig und einzig nur Kuß war und weiter nichts. Etwas Unabhängiges, Seelenähnliches, Gespenstisches war's, und als ich getroffen worden war von dem Verständlichen und wieder höchst Unverständlichen, zerfloß ich auch schon in solchen gliederdurchstürmenden, ich möchte sagen, grandiosen Wonnen, wie ich mir verbiete, es näher zu sagen. Ah, das war ein Kuß, ein Kuß, das! Der Schmerz, den er mir bereitete, preßte mir einen Schrei des Jammers ab, und gleichzeitig mit dem Empfang des Kusses und mit seiner himmlischen und höllischen Wirkung erwachte ich und vermochte mich lang nachher noch immer nicht zu fassen. Was ist der Mann, der Mensch. Was ist der Kuß, den ich freundlich gebe, am hellen Tag oder bei Mondschein, in der friedlich-glücklichen Liebesnacht, unter einem Baum oder sonstwo, verglichen mit der Raserei des eingebildet-aufgezwungenen Kusses, geküßt von den Dämonen.

DAS TRAUMGESICHT

Ich habe etwas Süßes gesehen, etwas Loses, Lustiges, Flatterhaftes, das doch wieder auch nicht so flatterhaft war, daß es nicht tiefen Eindruck auf mich und auf viele andere hätte machen können. Der Ernst des Lebens klang wie eine Glocke in das liederliche Geflüster und Geklingel und Gelispel hinein. Die Blätter flüsterten, süßer, leiser Nachtwind wehte, Gelächter tönte, Tränen rannen aus großgeöffneten Augen, Herzen erzitterten unter all den zaubervollen Eindrücken, und Musik umrahmte und umfloß und umgoldete das Ganze. Wunderbar, gleich einem Märchen, an dessen schönen Inhalt die Kinder gerne glauben, drangen mir die lieben, holden, tausend Jahr alten Melodien zu Herzen. Indem ich sah, was ich sah, wurde ich zum Kind, und die ganze Welt, so weit ich schauen konnte, schien mir neu geboren, ganz wie ich selber und wie der, der es ebenfalls mit ansah. Bänder, rote, grüne und blaue, schlangen sich wie anmutreiche, harmlose Schlangen durch den milden Tumult des Lebens. Das Leben war mild und wild zugleich und duftete, ach, so namenlos nach Glück, und mit einem Mal lag auch schon das gutwillige, unschuldige Liebesglück zerrissen am Boden. Es gab niemand, der nicht liebte und der nicht begehrte. Alle waren in den schönen Silber- und Feuerstrom mit hineingerissen, und alle wollten das ja auch. Weh und Freude, Schmerz und Lust schauten allen, die das Spiel mitspielten, schimmernd und lechzend aus den Augen. Einige Augen waren niedergeschlagen, und Lippen waren da, die entfärbten sich und stammelten. Schwelgerische Rosen, die in ihren eigenen Farben zerflossen, prangten aus dem üppigen Bild lokkend und bezaubernd hervor. Lichter züngelten und liebäugelten hinter dunklem, traumhaftem Grün wie rätselhafte Augen hinter Augenbrauen, und Wellen liefen über das glatte Gestein, und Hoffnungen und Sehnsuchten gaben in dem Raum den Ton an. Bald war der Raum, was er war, bald wieder war er ein Gedanke, so zart, daß der, der ihn dachte, fürchten mußte, er verliere ihn. Ist nicht immer der verlorengegangene Gedanke der schönste? Was man hat, schätzt man nicht, und was man besitzt, ist entwertet. O wie schön war der See in der nahen Ferne, vom Mond versilbert, der sich, indem er sich ins Wasser verliebte, in den See glühend niederstürzte, sich nun in dem Leib, den er vergötterte, selig widerspiegelnd. Das Wasser schauerte und lag ganz still, beglückt durch die Vergötterung. Mond und Wasser waren wie Freund und Freundin, gefesselt durch den Kuß, dem sie sich überließen. So zerfloß und zerrann bald alles, und bald sah ich es von neuem, nur noch reicher ausgestattet, aus der Undeutlichkeit hervortauchen. Schweigend, ganz nur Auge, saß ich da und hatte alle Wirklichkeit vergessen.

NÄCHTLICHE WANDERUNG

Einmal machte ich eine Nachtwanderung, es war eine dunkle, wolkige, warme Mainacht. Die Erde blühte und duftete. Aus den schweigenden nächtlichen Gärten flüsterte und lispelte es mir zu, als sei alles Geheime nun offen und als rede das Verschwiegene. Mein leichter, behender, fleißiger Fuß trug mich leicht über die harte Landstraße. Das Harte war weich wie Flaum, und das Mühselige machte mich nur lachen, als sei es die Freundlichkeit selber. Ich hatte eine merkwürdige Freude an dem eigenen fröhlichen Weiter- und Weitermarschieren. Taktgemäß ging es von Dorf zu Dorf, und die Dörfer schlummerten so schön, so friedlich. Nur aus den Gasthäusern drang manchmal noch einiger später Lärm, und betrunkene Wirtshausgestalten taumelten mir hie und da entgegen. Ich lief, als sei ich der behende Wind, oder als sei ich ein Bote, der mit Windesgeschwindigkeit eine geheime Botschaft an einen weit entfernten Ort trägt. Alsdann war es mir wieder ums Herz, als sei ich ein flüchtiger Verbrecher, der die Nachtstunden benutzt, um auszureißen und sich in Sicherheit zu bringen. Ich war wie ein Indianer, der über die Ebene springt; doch bei mir ging es hin und wieder bergauf, um wieder in die Tiefe zu sinken. Neugierig guckten oft die süßen Sterne blinzelnd zwischen geheimnisvollem Gewölk auf den Fußgänger herab, und der Mond, der wackere Freund aller derjenigen, die nächtlings wandern, trat groß und majestätisch und freundlich aus der schwarzen Umhülltheit hervor, um bald darauf wieder zu verschwinden. So kam es und verschwand es und tauchte bald wieder auf, und ein unhörbares Rauschen war in allem, die Nacht rauschte, als sei sie eine Quelle, und das ist wahr: sie ist die Quelle alles Schönen, Lieben und Guten. So war mir dann wieder, als sei ich ein Liebender, befindlich auf der Suche nach der lockenden lieblichen Geliebten. Irgendwo im Land, das so schön dunkel war, wohnte sie: ihr Fenster stand jetzt vielleicht offen, daß alle ihre träumerischen Gedanken wie Vögel hinausflatterten, um sich in der herrlichen Nacht zu verlieren. Sie lag im Bett, aber ohne schlafen zu können und ohne einschlafen zu wollen, da sie an den fremden kühnen lieben Burschen dachte, den sie liebte, und von dem sie wußte, daß er sie liebte. Solchermaßen vertrieb ich mir die Zeit, die ich mit Laufen zubrachte, mit krausen dunklen Einbildungen, indes die Brunnen neben der Straße leise plätscherten. Einige Fenster hatten noch Licht, und das einsame Licht nahm sich aus wie die Idee im Kopf eines seltsamen Menschen. Auf solche Weise schritt ich vorwärts, fröhlich und voll Bangen, mutig und voll Verzagen, ganz gedankenlos und wieder voll Gedanken.

JOHANNA

Ich war, fällt mir ein, neunzehn Jahre alt, machte Gedichte, trug noch keinen ordentlichen Kragen, lief in den Schnee und in den Regen, stand des Morgens immer früh auf, las Lenau, fand, daß ein Überzieher etwas Überflüssiges sei, bezog monatlich hundertfünfundzwanzig Franken Gehalt und wußte nicht, was ich mit dem vielen Geld anfangen sollte. Kost und Logis hatte ich beim Paketmann Senn. Senn ist mir unvergeßlich. Er machte stets eine ebenso dumme wie finstere Miene, hatte einen struppigen, rabenschwarzen Bart im Gesicht und spielte den ärgerlichen Tyrannen, eine Rolle, in die er, so häßlich sie sein mochte, wie vernarrt war. Seine beiden Söhne, Theodor und Emil Senn, prügelte er. Die armen Jungen, sie bekamen Hiebe dafür, weil sie des Dummkopfes von Vater schlechtes Betragen nachahmten. Frau Senn war eine liebe arme geplagte Frau, völlig des kleinlichen Gewalthabers Sklavin. Das Essen war gut; lustige Pensionäre waren stets da, und der Weißwein des Postpaketmenschen mundete vortrefflich. Doch was bedeutete aller Weißwein gegen das Mädchen Johanna, die ebenfalls das Vergnügen hatte, beim wilden Pöstler logieren und kostgängern zu dürfen. Sie war auf dem Kontor beschäftigt, ähnlich wie ich, und jeden Morgen gingen wir zusammen, sie die Dame, und ich ihr Ritter, nach unsern Geschäftshäusern, um hübsch tätig zu sein. Sie diente bei der Schreibmaschinenbranche, während ich mein bißchen Kraft und guten Willen der Unfallversicherungs-Aktiengesellschaft freundlich zur Verfügung stellte. Johanna war lieb über alle Begriffe und sanft wie Mondschein. Ich schrieb ihr ein Gedicht ins Album, einen kühnen extravaganten Erstling, sie zeigte es ihrer Mutter, und diese warnte ihr Töchterchen vor mir, wir mußten beide herzlich lachen. O wie süß mutete mich der anmutvolle Ritterdienst an. Wir wohnten vier Treppen. Hatte nun vielleicht Johanna, schon unten an der Haustüre stehend, ihren Schirm oder ihr Taschentuch oder sonst etwas vergessen, so erhielt ich den Auftrag, hinaufzuspringen und das Liegengelassene zu holen. Wie machte mich das glücklich, und wie süß, wie schön, wie zart lächelte sie darüber. Ihre Hände waren üppig und weich und so weiß wie Schnee, und der Kuß darauf, wie berauschte, wie bezauberte er mich. Senn war wütend auf uns, weil wir bis in alle Nacht hinein auf Johannas Zimmer miteinander Englisch lernten. Er hörte wohl durch die Wand, was das für eine kosende, belustigende Art von Englisch war, das wir trieben. Holde, unvergeßliche Sprachstunde, liebes unvergeßliches weibliches Wesen.

DER BURSCHE

Ein Bursche, der einem Bäckermeister als Laufbursche diente, stahl demselben Mehl weg, um es, gleichsam als Zeichen von zärtlicher Aufmerksamkeit, der Frau zu überreichen, die er verehrte. Reizende Liebe, bestrickendes Verbrechen, sinnreicher Diebstahl. Der Bursche wurde endlich bei seinem ritterlichen Bemühen ertappt und kam ins Gefängnis. Die gestrengen Herren Richter hatten Mitleid mit ihm und erteilten ihm eine obgleich immerhin angemessene, so doch verhältnismäßig nur gelinde Strafe. Armer dummer Bursche. Ich kann nicht verhehlen, daß ich Sympathie für ihn empfinde. Wie glücklich mögen seine Augen geglänzt haben in den prickelnden Augenblicken, wo er das Mehl stibitzte, und wie süß muß ihm der Kuß gemundet haben, den er geben und empfangen durfte von der, in deren Interesse er Spitzbubenstreiche verübte. Wenn je, so duftet hier, der schwelgerischen Rose ähnlich, Romantik, und wenn je, so ist hier, wo Mehl gestohlen worden ist, süße Liebe. Simpel ist die kleine mehlene Geschichte. Mich hat sie gerührt, als ich sie las, und ich wage sie dem freundlichen, huldreichen Leser aufzutischen, in der Hoffnung, daß sie auch ihn ein wenig rühren wird. Wie mancher, der fein gekleidet geht und sich auf die feinste Differenz versteht, und der sich einbildet, daß er verliebt sei, ist nicht imstande und bringt nicht den Mut auf, gleich dem armen dummen Bäckerburschen, Mehl für die Person zu stehlen, die er vergöttert. Was ist Geliebtsein und Beliebtsein gegen dieses blühende holdselige Wunder: selber lieben! Und was ist alle Bildung, alle Belesenheit, Weisheit und Feinheit, gehalten gegen die duftende Blume: Aufrichtigkeit? Dieser Bursche, der mit einem gestohlenen Paket Mehl dahersprang, um seiner Geliebten eine Freude zu machen, war, als er das tat, groß, denn er war aufrichtig; war, als er das tat, im höchsten Grad sympathisch, denn er war tapfer, war, als er das tat, höchst liebenswürdig, denn er tat es aus echter Zärtlichkeit und Liebe. Schenke, lieber Leser, dem armen Burschen ein kleines gütiges Andenken, ich bitte dich darum. Nicht wahr, du tust es?

DER KNABE (I)

Ein Tierbändiger wurde eines Abends vor den Augen der Leute, die gekommen waren, um sich die Vorstellung anzusehen, von seinem Löwen, einem Prachtexemplar, angegriffen und so furchtbar zugerichtet, daß er, nachdem man ihn aus den Tatzen des Ungetüms befreit hatte, nur noch einen letzten überaus traurigen Blick auf seine Frau und auf seine Kinder werfen konnte, worauf er, zerfleischt und zerrissen, wie er war, den Geist aufgeben und sterben mußte. Die arme, derart ihres Gatten und Ernährers beraubte Frau sah sich hohläugiger, erbarmungsloser Verzweiflung gegenübergestellt; denn woher sollte nun das Geld kommen, und wer, wer um Gottes willen sollte nun das gefährliche Geschäft der Tierbändigung mit einigem Glück weitertreiben? Der Verstorbene schien unersetzlich, und das Elend und der Jammer schienen allgewaltig; da trat, blitzenden Auges und getrieben von einer höchst staunenswürdigen Willenskraft, von Energie sprühend, gleich, als sei er eine hochauflodernde Flamme und kein zarter Knabe, der Sohn des eben Gestorbenen vor die unglückliche Mutter und sagte ihr mit einer Stimme, die die Festigkeit und die eiserne Entschlossenheit durchzitterten, daß er und kein anderer jetzt den Beruf seines Vaters übernehmen und weiterführen werde. Ah, ein junger Held glühte, und nichts nutzten bei dem stolzen Feuerkopf die Vorstellungen, die die tödlich erschrockene Mutter dem Kinde machte. Er wartete den nächstfolgenden Schauspielabend mit brennender Begierde ab, um seiner Mutter den Mut zu zeigen, der ihn beseelte, und als die Stunde gekommen war, trat er mit gebieterischer Miene, einem jugendlichen Fürsten ähnlich, die Peitsche und die Pistole nachlässig in der Hand, so, als sei er meilenweit davon entfernt, zu denken, sich irgendeiner andern Waffe als nur seiner Todesverachtung zu bedienen, in den Käfig und errang schon mit dem bloßen Eintritt in denselben stürmischen Beifall. Atemlos schaute das Publikum von seinen Bänken dem herzbeklemmenden Schauspiel zu, und als der mächtige Löwe nun dem zarten, lieben, tapferen, schönen Knaben gehorchte und alles pünktlich ausführte, was von ihm verlangt wurde, sich dem Kind zu Füßen legte, er, der am vorherigen Abend den Vater zerrissen hatte, erhob sich ein Tücherwinken, ein Geschenkezuwerfen, ein Klatschen und eine so gewaltige Begeisterung, wie die Menagerie sie nie zuvor erlebte. Der Knabe verdiente den Jubel, er lächelte. Doch wo nehmen wir die Worte her, die nötig wären, den mütterlichen Stolz und Jubel zu beschreiben, der nun mit ungestümen wilden heißen Küssen auf die Wangen, auf das Haar und auf die kleinen Hände des Knaben regnete, als er wohlbehalten zu der Mutter zurückkehrte. Mit namenloser Liebe schaute sie dem Helden, den sie geboren hatte, in die Augen, und immer wieder, immer wieder, ganz überwältigt, mußte sie ihn küssen, ihn, der dastand, so bescheiden, als verstehe er nicht, was er Großes und Schönes getan hatte.

DAS GÖTZENBILD

Ein junger Mann, an dessen Eleganz, Bildung und Herkunft niemand zweifelte, und der das fraglose Glück genoß, zu den gesitteten Menschen zu zählen, erlebte eines Tages, indem er das Völkermuseum besuchte, um die Altertümer zu studieren, folgendes sonderbares, wenn nicht furchtbares und grauenhaftes Abenteuer. Der junge Mann, nachdem er sich mit vielem Interesse in den weitschweifigen Räumlichkeiten, vollgepfropft mit allen nur erdenklichen Sehenswürdigkeiten, umgeschaut hatte, stand plötzlich, er wußte nicht wie, vor einer uralten hölzernen Figur, die, so abschreckend und plump sie auch war, einen mächtigen und gleich darauf übermächtigen Eindruck auf ihn machte, derart, daß er sich durch das rohe Götzenbild, denn ein solches war es, an Leib und Seele verzaubert sah. Der Atem stockte ihm, das Herz klopfte laut, das Blut strömte ihm, gleich einem angeschwollenen reißenden Bach, durch alle Adern, das Haar stieg ihm zu Berg, die Glieder zitterten, und eine ungeheuerliche, entsetzliche Lust packte ihn jählings an, sich an den Boden zu werfen, in die Zerknirschung und Erniedrigung, um das furchtbare Bild, das den Wüsten Afrikas entnommen worden war, aufs lebhafteste anzubeten; Barbarenwonne rieselte ihm durch die geblendete und der Vernunft beraubte Seele. Er stieß einen Schrei aus, der durch die weite Halle gräßlich tönte, und nur eben so viel Fassungskraft blieb ihm übrig, als nötig war, sich mit einem verzweifelten Ruck aus der schreckenerregenden Umdunkelung an das lieblich helle Bewußtsein einigermaßen emporzuraffen. Das tat er, und mit weitausholenden stürmischen Schritten, so, als wenn hinter ihm Feuer ausgebrochen sei, und allen eifrigen Interesses für die Wissenschaften mit einem Mal verlustig, jagte und stürzte er gegen die Türe, und erst, als er sich in freier Luft befand und sich wieder umgeben sah von lebendig-tätigen Menschen, erholte er sich vom panikartigen Entsetzen, eine Geschichte, die ihn, der sie erlebte, tief nachdenken machte, über die ich jedoch den Leser bitte zu lächeln.

«APOLLO UND DIANA»

Ich war, erinnere ich mich, bei der Aktienbrauerei in Thun tätig. Vor ungefähr zehn Jahren war's, und ich hatte das Glück, in einem schönen, geräumigen alten Haus dicht neben dem herrlichen Schloß auf dem Schloßhügel wohnen zu dürfen. Ich trank viel Bier, wozu mich schon meine bierbrauerliche Beschäftigung verleitete, badete in der reißenden Aare, ging öfter in die Ebene, die sich um Thun ausbreitet, spazieren und staunte zu den Kolossen empor, zu den Bergen, die, ungeheuerlichen Burgen ähnlich, dort in den Himmel hinaufragen. Eines Tages hatte ich mit meiner Wirtin, der Frau Amtschreiber, ein kleines reizendes Erlebnis, und zwar wegen einem Bild, das an der Wand meines Zimmers hing. Dieses Zimmer, es war die Wohnlichkeit, Traulichkeit und Heimeligkeit selber. Ich vergesse nie diesen saftgrün angehauchten bildhübschen Raum, ich vergesse aber auch die Sonnenstrahlen nie, die dort so goldig und zugleich so listig ins versteckte Zimmer hineinlächelten. Nun aber zur Frau Amtschreiber. Sie nahm mir das Bild, eine Photographie des Gemäldes «Apollo und Diana» von Kranach (das Original hängt im Kaiser-Friedrich-Museum zu Berlin), von der Wand, an welcher es zu meiner Belustigung und Erquickung hing, weg und legte es, schamhaft und vorwurfsvoll umgekehrt, auf meinen Tisch. Ich kam heim und merkte sogleich mit meinen beiden stets aufmerksamen Augen das Werk der falschen Sittlichkeitsbegriffe, und rasch entschlossen ergriff ich die allezeit dienstfertige Feder und schrieb folgendes keckes Billett: «Verehrte Frau, hat Ihnen das Bild, das mir lieb ist, weil es ganz aus lauterer Schönheit besteht, vielleicht etwas zuleid getan, daß Sie es von der Wand gemeint haben wegnehmen zu sollen? Finden Sie, daß das Bild häßlich ist? Sind Sie der Meinung, daß es ein unanständiges Bild ist? Dann bitte ich ergebenst, es einfach keines Blickes zu würdigen. Mir aber wollen verehrte Frau in der Güte, in deren Besitz ich dieselbe glaube, gestatten, das Bild wieder dorthin zu tun, wo es gewesen ist. Ich werde es sogleich wieder an die Wand anheften und bin überzeugt, daß niemand es mir nochmals fortnimmt.» Frau Amtschreiber las und nahm das Billett. Ich Schurke! Einer so liebenswürdigen Frau so harte Worte zu sagen. Doch die paar Worte, was hatten sie nicht für eine schöne Wirkung. Wie lieb war Frau Amtschreiber von nun an zu mir. Reizend, reizend benahm sie sich. Sogar meine zerrissenen Hosen erbat sie sich, damit sie sie flicke, sie, die Frau Amtschreiber.

ZWEI BILDER MEINES BRUDERS

«DIE FRAU AM FENSTER»

Warum steht diese Frau am Fenster? Steht sie nur da, um in die Gegend hinauszuschauen? Oder hat ihr Gefühl sie ans Fenster geführt, damit sie könne in die Weite hinausdenken? An was denkt die Dame? An etwas Verlorenes, an etwas unwiederbringlich Verlorenes? So scheint es dem zu sein, der mit aufmerksamen Augen das zarte Bild betrachtet. Weint die Frau, oder ist sie nahe daran, zu weinen? Hat sie, kurz bevor sie ans Fenster trat, geweint oder wird sie, wenn sie wird vom Fenster weggetreten sein, in Tränen ausbrechen? Wer das Bild betrachtet, hält dies nicht für unmöglich. Hat die Frau, die hier so einsam an dem Fenster steht, einen Geliebten, und ist nun vielleicht dieser liebe Freund für immer fortgegangen? Höchst wahrscheinlich. Also hatte – – sie einen Geliebten? Sie hat demnach also jetzt keinen holden Freund mehr? Steht nicht die arme liebe Frau da, als sei, was ihr das Liebste gewesen ist, von ihr weggegangen, und als bleibe ihr jetzt für immer nichts mehr anderes übrig als an den zu denken, den sie verlor? Ihre Haltung scheint zu sprechen: «Ich habe ihn, kaum daß er mir gestand, daß er mich liebe, und kaum, daß ich ihn umhalst und an das Herz gedrückt habe, schon verloren. Wie grausam ist das.» – Was hat ihn denn bewogen, sie zu verlassen, die er liebte und von der er sich geliebt fand? Hat das Schicksal, haben die Wogen und Wellen des Lebens, die weder je nach Liebe noch überhaupt je nach Zartheit fragen, sie getrennt, die sich liebten? Das läßt sich denken. Alles Unschöne läßt sich ebenso leicht denken wie alles Schöne. Vielleicht hat die Frau jetzt noch nicht alle Hoffnung auf ein süßes Wiedersehen aufgegeben? Nein, sie hat keine Hoffnung mehr außer der Hoffnung, weinen zu dürfen, stundenlang, und sich im Schmerz, der die Seele erschüttert, zu baden. Für die Frau, die ihren Freund verloren hat, ist der Schmerz der heimliche Freund, und das ist die letzte Art von Freund, die ein Mensch besitzen kann. Entsetzlicher Freund, bleich im Gesicht, mit dem furchtbaren Lächeln unauslöschlicher Trauer auf den Lippen, sage zu der Frau etwas, liebkose sie. Und in der Tat, er tut es: der Schmerz über die Trennung vom Geliebten muß jetzt der Geliebte sein und sie liebkosen. Vielleicht ist jetzt das Weh des Verlustes noch nicht so groß, wie es nach einem Jahr oder erst nach zwei Jahren sein wird; denn das Weh kann in der Stille wachsen. Erst ist es ein zartes Glöckchen mit leisem seufzendem Bim-Bim. Doch es kann eine Glocke daraus werden mit rasendem, vernunftüberflutendem Geläute, gemützerstörend, herzzerreißend. Entsteht nicht aus der simplen Melodie das gewaltig brausende und schallende Konzert? Wenn dem so ist, so hat die Frau, die da am Fenster steht, noch einen schweren Kampf zu kämpfen.

«DER TRAUM» (I)

Mir träumte, daß ich ein winzig kleiner, unschuldiger, junger Bursche sei, so zart und jung, wie noch nie ein Mensch war, wie man nur in dunklen, tiefen, schönen Träumen sein kann. Ich hatte weder Vater noch Mutter, weder Vaterhaus noch Vaterland, weder ein Recht noch ein Glück, weder eine Hoffnung noch auch nur die blasse Vorstellung einer solchen. Ich war wie ein Traum mitten im Traum, wie ein Gedanke, gelegt in einen anderen. Ich war weder ein Mann, der sich je nach dem Weibe sehnte, noch ein Mensch, der sich jemals Mensch unter Menschen fühlte. Ich war wie ein Duft, wie ein Gefühl; ich war wie das Gefühl im Herzen der Dame, die an mich dachte. Ich hatte keinen Freund und wünschte mir auch keinen, genoß keine Achtung und wünschte auch keine, besaß nichts und begehrte auch nie irgend etwas zu haben. Was man hat, hat man schon wieder nicht mehr, und was man besitzt, hat man schon wieder verloren. Nur das, wonach man sich sehnt, besitzt und hat man; nur, was man noch nie gewesen, ist man. Ich war weniger eine Erscheinung als ein Sehnen, ich lebte nur im Sehnen und war, war nur ein Sehnen. Weil ich nichts kostete, schwamm ich im Genuß, und weil ich klein war, hatte ich hübsch Platz, in eines Menschen Brust zu wohnen. Entzückend war, wie ich es mir in der Seele, die mich liebte, bequem machte. Da ging ich also. Ging ich? Nein, ich ging nicht: ich spazierte in der leeren Luft, ich brauchte, um zu gehen, keinen Boden; höchstens berührte ich den Boden leise mit den Fußspitzen, als sei ich ein talentreicher, von den Göttern mit allen Gaben der Tanzkunst begnadeter Tänzer. Mein Kleid war weiß wie Schnee, und Ärmel und Hosen schleppte ich nach; sie waren mir um ein Erkleckliches zu lang. Auf dem Kopf trug ich ein zierliches Dummkopfkäppchen. Die Lippen waren rot wie Rosen, das Haar war goldgelb und ringelte sich mir um die schmalen Schläfen in anmutigen Locken. Einen Körper hatte ich nicht oder kaum. Aus meinen blauen Augen schaute die Unschuld. Ein schönes Lächeln hätte ich gar zu gern gelächelt; doch es war zu zart; es war so zart, daß ich es nicht zu lächeln, sondern nur zu denken und zu fühlen vermochte. Eine große Frau führte mich an der Hand. Jede Frau ist groß, wenn sie zärtlich ist, und der Mann, der geliebt wird, ist immer klein. Liebe macht mich groß; und geliebt und begehrt sein, macht mich klein. Da war ich dir, lieber huldreicher Leser, so fein und klein, daß ich bequem in den weichen Muff meiner hohen, lieben, süßen Frau hätte schlüpfen können. Die Hand, die mich hielt, und an der ich tanzend schwebte, war mit einem schwarzen Handschuh bedeckt, der hoch hinauf bis über die Ellbogen reichte. Wir gingen über eine graziös geschweifte und gebogene Brücke und die rötliche, dichterisch-phantastische Schleppe meiner holden Herrin schlang sich der Länge nach über die ganze Brücke, unter welcher schwarzes, warmes, duftendes Wasser träge floß, goldene Blätter mit sich tragend. War es Herbst? Oder war es ein Frühling nicht mit grünen, sondern mit goldenen Blättern? Ich kann es nicht mehr sagen. Unsagbar zärtlich schaute mich die Frau an: ich war bald ihr Kind, bald ihr Mäuschen, bald ihr Mann. Und immer war ich ihr alles. Sie war das überragend gewaltige und große Wesen, ich das kleine. Kahle Äste stachen hoch oben in die Luft. So wurde ich weiter, immer weiter weggeführt als eine Art von niedlichem Besitz, den der Eigentümer ruhig mit sich nimmt. Ich dachte nichts und wollte und durfte auch von Denken nichts wissen. Alles war weich und wie verloren. Hatte mich die Macht des Weibes zum Knirps gemacht? Die Macht des Weibes: wo, wann und wie regiert sie? In der Männer Augen? Wenn wir träumen? Mit Gedanken?

DIE GEDICHTE (I)

Im Sommer schrieb ich nie ein Gedicht. Das Blühen und Prangen war mir zu sinnlich. Ich war traurig im Sommer. Mit dem Herbst kam eine Melodie über die Welt. Ich war in den Nebel, in die früh schon beginnende Dunkelheit, in die Kälte verliebt. Den Schnee fand ich göttlich, aber vielleicht noch schöner und göttlicher kamen mir die dunklen, wilden, warmen Stürme des Vorfrühlings vor. Im kalten Winter glänzten und schimmerten die Abende bezaubernd. Die Töne taten es mir an, die Farben redeten mit mir. Ich brauche kaum zu sagen, daß ich unendlich einsam lebte. Die Einsamkeit war die Braut, welcher ich huldigte, der Kamerad, den ich bevorzugte, das Gespräch, das ich liebte, die Schönheit, die ich genoß, die Gesellschaft, in welcher ich lebte. Es gab nichts Natürlicheres und nichts Freundlicheres für mich. Ich war Kommis und sehr oft ohne passende Stelle. Das paßte mir. O die reizende träumerische Schwermut, das wonnige Verzagen, die himmlisch-schöne Mutlosigkeit, die gesellige Trauer, die süße Härte. Ich liebte die Vorstädte mit den vereinzelten Gestalten der Arbeiter. Die verschneiten Felder sprachen mich vertraulich an, der Mond schien mir auf den gespenstisch weißen Schnee niederzuweinen; die Sterne! Es war herrlich. Ich war so fürstlich arm und so königlich frei. Ich stand in der winterlichen Nacht, gegen den Morgen, am offenen Fenster und ließ mir das Gesicht und die nur mit dem Nachthemd bedeckte Brust anhauchen vom eisigen Atem. Und dabei hatte ich die sonderbare Einbildung, daß es glühe rund um mich. Sehr oft warf ich mich, in dem entlegenen Zimmer, das ich bewohnte, auf die Knie und bat

Gott um einen hübschen Vers. Dann ging ich zur Tür hinaus und verlor mich in die Natur.

RINALDINI

Ueber Paganini habe ich bereits geschrieben. So will ich mir denn heute die Freiheit nehmen und einen geeigneten Aufsatz schreiben über Rinaldini. Das Aufsatzschreiben und Essayieren ist gegenwärtig in großem Schwang und erfreut sich einer weitverbreiteten Beliebtheit. Rinaldini, dem vorliegender Essay gilt, war ein bedeutender Mann und ein großer Räuber. Andere Leute waren groß als Künstler, er aber war ein Künstler im Rauben und Morden, und groß war er als der prädestinierte Hauptmann seiner Rotte oder Bande, die er zum Schrecken des friedlichen Teiles der Einwohnerschaft befehligte. Groß von Gestalt, kühn von Charakter und grausam von Sinnesart, schwang er sich gleichsam mit leichter Mühe zum Herrn der Berge und der Wälder hinauf, und wer sein Feind war, lebte keine vierundzwanzig Stunden länger. Rinaldini teilte mit andern Mordbrennern und Mordbuben, von denen die Chronik berichtet, die edle Eigenschaft, daß er das Kapital und den feigen Geldsack haßte, daß er dagegen die armen Leute schonte. Wer irgendwie unterdrückt war, dem war er ein Freund; wer dagegen auf den Vorteilen und auf den Wertpapieren trotzte und protzte, dem spaltete er den Schädel, daß es eine Lust war. Die Regierung setzte einen hohen Preis auf seinen Kopf; er jedoch, als der freie Gewalt- und Renaissancemensch, der er war, trug ebendenselben Kopf hoch und lachte über die Maßnahmen derer, die ihn fürchteten. Seine Geliebte hieß Rosa, und sie war sein Alles. Wo Rosa war, war auch er, und wo sie nicht mehr war, war auch er nicht mehr. Sie war sein Herz, seine Seele. Sie war seine Mordlust. Ihr trug er, was er raubte, zu den Füßen. Er stattete ihr das Felsengemach, in welchem sie wohnte, wahrhaft fürstlich aus, bekleidete es mit den kostbarsten Teppichen und füllte es an mit den zierlichsten und edelsten Gegenständen. Er war ihr Löwe, ihr bis in den Tod treuer Löwe, und sie, sie liebkoste den Löwen, sie liebte ihren Löwen. Der Jubel, die Freude und die Wonne durchzuckten sie, wenn sie sah, wie er so grausam morden konnte, und wie er dann bei ihr so sanft, so schüchtern war. Sie war möglicherweise eine kleine Sadistin, diese Rosa. Doch zu Rinaldinis Zeiten nahm man dieses Kapitel noch nicht so genau. Herrlich war sie, wenn sie, angetan mit den schönsten Gewändern und mit schweren, goldenen Ohrringen in den Ohren, vor das Zelt oder vor die Höhle trat, eine Zigarette zwischen den blendend weißen Zähnen. Stolz wie eine Königin blickte sie in die Runde, und wer sie so sah, verneigte sich vor ihr. Das taten die Herren Spitzbuben und Räuber. Sie verehrten sie wie ihre Königin. Rinaldini, der sonst doch ganz gewiß im höchsten Grade verunglückte Bursche, war glücklich durch sie, dieser Galgenhalunke. Schließlich, und so wurde er doch aufs Rad geflochten.

LENAU (I)

Der Liebling des Grames, der Freund des Schmerzes war er. Seltsam war er, und noch viel seltsamer ist es, daß man von ihm eigentlich gar nichts kennt, und daß trotzdem sein Ruhm bis zu den Wolken hinaufragt. Das macht sein Name. Sein Name ist so schön, so zigeunerhaft-romantisch. Ich bin allein schon in den Namen Lenau verliebt, der nicht wie nach realem Leben, sondern wie nach einem Roman, nach einer holdseligen Liebesaffäre tönt. Lenau liebte den Herbst, das herbstliche Welken, das Fallen der Blätter, das Entfärben, das Vergehen. Er liebte das schneeweiße, kalte Schweigen des Winters. An den Tod und an das Ende zu denken, war ihm ein sonderbarer Genuß. Sonderbar war Lenau. Er war herrlich in seiner Art. Das Leben liebte er nicht, und dennoch liebte er es, er liebte es um der darin enthaltenen Enttäuschungen willen. Er war in die Enttäuschungen, in die Hoffnungslosigkeit, in die Unergründlichkeit, in die harte Unentrinnbarkeit verliebt. Er liebte den rauhen, kalten November, mithin also das sogenannte schlechte Wetter. Schönes, mildes, sonniges Wetter irritierte ihn, machte ihn stutzen. Dagegen, wenn die Stürme stürmten, wenn der Wind durch die Gegend brauste, wenn der Schnee fiel, da erkannte er sein Wesen und lebte das ihm angeborene Leben. Er fühlte sich wohl beim schauervollen Gedanken an die Gräber, und auf den Genuß dessen, was nicht zu genießen ist, verstand er sich vortrefflich. O, was für schöne, schmerzenbange, wehmuttrunkene Herbstgedichte hat er gemacht. Sein Hauptausstattungsstück bestand in einem schwarzen, flatternden Pelerinenmantel, und Nummer zwei seiner Requisiten war ein Rinaldini-Schlapphut, ebenfalls tiefernst und rabenschwarz von Farbe. Schwarz war sein Haar, das sich gleich tiefen, schönen, anmutigen Gedanken um seine ausdrucksvollen Schläfen ringelte. Voll schwarzen Glanzes waren seine traurig-lieben Augen, mit denen er in die Welt schaute, als verzweifle er, oder als sehne er sich nach einer Verzweiflung. Augenbrauen schwarz und Bart schwarz, falls er einen solchen hatte, was ich nicht geradezu behaupten möchte. Und in der trüben, grauen, kalten Novemberluft flogen Raben, und Lenau stand am Wege, unter einem entblätterten Baum, das Notizbuch in der Hand, schreibend einen seiner schwermutvollen Verse. Seine Herbstlieder sind weltberühmt. Ich selbst habe sie schon lange, lange nicht mehr gelesen. Aus ferner, umflorter Erinnerung nur tauchen die Worte dieser Gedichte vor mir auf, aber ich weiß, daß sie schön sind. Unverwelkliches Welken, blühender, unsterblicher Gram, rosengleiches Verzagen und Klagen, immergrüner Schmerz, ewig junger, ewig lebendiger Tod.

TOBOLD (I)

Der Schurke

Glaubst du, ich sei ein Schurke? Ich
bin keiner. Glaube mir, ich bin
nicht solch ein Bösewicht. Das hat
die Zunge so aus mir gemacht.
Die Welt will gleich ein Bildnis sehn.
's ist sonderbar. Man ist nicht das,
was man in seinem Innern ist,
nein, du bist Werk von ihnen, bist
Abguß von dem Geflüster. Sie
woll'n dich so handeln sehn, und so
auch handelst du. Ich bin nicht schlecht;
nur krank.

Tobold

Wie? Ja. 's ist sonderbar.
Auch ich bin nicht der Meinung, du seist ein
Halunke. Zwar bin ich
ja nur ein dummer Junge, und
ich kann mich irren, doch kann denn
nicht auch die Welt im Irrtum sein?
Könn'n sie nicht auch sich irr'n, die dich
verdammen? Du hast Augen, die
mir, wie doch soll ich sagen, sehr
gefallen. Krank bist du? Ich glaub's.
Doch warum gehst du nicht zum Arzt?

Schurke

Vielleicht bist du der Arzt. Du bist
jed'falles gut.

Tobold

Hier kommt ja, wie ich sehe, der
schlicht-ehrliche Bedrängte. Sein
Gesicht ist falsch. Er hält sich für
was Bess'res als er ist. Er ist
mehr Schaf als fromm. Ich mag ihn nicht.
Dich, Schurke, jedoch mag ich gern.

Der Bedrängte

Voll Bosheit, bild ich stets mir ein,
sei diese ungereimte Welt.
Ich blicke stets nur selbst mich an
und sehe immer mich verfolgt:
Hier steht der Bös'wicht, der mich drängt.

Tobold

Das bildet sich ein Dummkopf ein.

Der Bedrängte

Wer bist du, der so keck sich mischt
in dieses Spiel? Ich sah dich nie
und achte deiner deshalb nicht.
Du scheinst ein frecher Betteljung!

Tobold

Tobold heiß ich, und ich gab nie
Schafsköpfen Anlaß, mich
zu achten. 's ist ein mageres Geschäft
und es kommt nichts dabei heraus.
Ich bin mein selbst. Ich selbst
hab Achtung vor mir. Wisse das. Und dann
hab ich auch Freude an der Welt.
Hier beispielsweis' am Schurken hab
ich Freude. An der Sonne hab
ich Freude. Doch an dir nicht. Du
freust mich in keiner Art und Weis'.
Nicht Art hast du. Was Art hat, das
entzückt mich. Dieb' und Schelm'
selbst sind erfreulich. Packt man sie,
so sperrt man sie ins Zuchthaus ein
und weiß auch, was getan man hat.
Doch du bist ein Chamäleon.
Nichtswürdig bist du. Teufel sind
doch Teufel. – Hier dem Schurken geb
die Hand ich. Dir kann man die Hand
nicht reichen. Spinnen sind verständlicher,

Mäus', Ratt' und Kröten, als
ein Mensch, wie du, dem's nur auf das
Verfolgtsein ankommt.

Schurke

Ha ha ha!
Recht so, mein Junge, schimpf ihn aus.

Bedrängter

Auch hier, auch hier bedrängt man mich.
Die Welt ist voll von Hinterlist.
Ich will nur gleich zur Fürstin gehn
und ihr das melden.

Schurke

Tritt nur ab.
Komm, du mein wackrer Junge, komm.
Ich will zu einer Tänzerin
dich führen. Wein soll sprühn. Der Ort,
wo sie sich aufhält, ist nicht fern.
In dem Gebüsch, das du dort siehst,
liegt sie im schwellend weichen Gras.
Schön ist sie, göttergleich tanzt sie.
Doch du wirst sehn. Sie soll dich an
die Brüste drücken. Schlemmen ist
nicht schlecht, wenn man's mit Grazie tut.

Tobold

Ich gehe gern an solchen Ort.

Verwandlung

Tobold

Ich soll mich finden, sagt mir das
Gestirn. Mich finden? Müßt' ich da
mich nicht vorher verlieren? Kann
ich mich denn finden, wenn's an mir
nichts aufzufinden gibt? Wer nie
verloren gehn will, kann sich auch
nie finden. Also will ich mich
verlieren. Hier nun tapp' ich ganz
im Dunkeln. Nacht ist es, und ein
Geräusch, so sieht's hier aus, läßt sich
hier gar nicht denken. Wenn ein Schuß
jetzt fiele, wär's mir, wie wenn ich
ihn mir nur träumte. Was denn such
ich hier? Mich selbst? Nein, denn ich bin
nicht gar so sehr erpicht auf mich.
Es muß hier jemand sein, sonst wär
ich hier nicht auf der Suche. Pst.
Sprach da nicht jemand? Ganz bestimmt
ist irgend jemand hier, doch wer,
ist mir ein Rätsel. Doch wenn auch
der Glaube nur, es sei hier wer,
hier ist, so ist schon viel hier. Mir
sagt es der Glaube, daß es hier
ein Leben gibt, und daß wer hier
ist, schön ist. Horch. War das? Nein, es
ist alles still. Nichts regt sich, als
der Wunsch in mir, es möchte hier
jemand sich regen.

Die Verlassene

Bös bin ich? Nein, ich bin nicht bös.
Verfemt bin ich und muß hier am
entlegnen Ort verlassen sein.
Um Liebe willen, die mich hat
betrügen müssen, muß ich hier
verstoßen und verlassen sein.
Niemand kommt zu mir her, es fällt
niemandem ein, bei mir zu sein.
Niemand kommt bis zum düstern Ort
der finstern Ausgestoßenheit.
Es will mich niemand kennen, es
will niemand mehr gerecht mir sein.
Ich kann nicht klagen. Klagt' ich, so
riß es mich bis zum Wahnsinn hin.
Drum still, drum nur gelitten, nur
allein gelitten. Ist nichts anderes
übrig, so leidet man
wie in dem Grund des Meers das Naß
nur naß sein kann, wie, wer sich sticht,
nur bluten kann. Verlassenheit,
sei du mir Krone. Schmerz, sei du
Palast mir, und ich Fürstin so.

Tobold

Horch, horch, es tönt. Wie süß das tönt.
Ich habe stets Musik geliebt.
Mir immer als ein Wunder kam
sie vor.

Verlassene

Ist jemand hier?

Tobold

Ich bin's.

Verlassene

Wer bist du?

Tobold

Eine Wenigkeit.
Ein junger dummer Mensch bin ich.
Sonst brav vielleicht, vielleicht auch nicht;
arbeitsam, doch vielleicht auch nicht;
fähig zum Guten, doch vielleicht
auch zu was anderem fähig. Un-
bekannt ist mir's. Ich habe mich
da so, wie soll ich sagen, in
der Finsternis verloren, doch
hielt ich stets wacker mich gradauf.
Es soll der Mensch auf Haltung sehn,
als wenn er selbst sich immer ge-
genüberstände. Fürstin nannt'st
du dich. Ich habe es gehört. Ich hab
gelauscht. Verzeih. Ich bin
solch einer, der das, was er hört,
beiseite schiebt. Es scheint, daß du
unglücklich bist. So paßt es; denn
ich liebe und verehre, was
nicht fröhlich ist. Ich selbst, mußt du
erfahren, bin mir, glaub mir, fast
zu fröhlich. Ich verachte mich
ja auch dafür. Sehr gerne dient'
ich dir. Ich seh dich nicht, denn es

ist dunkel hier. Was macht's. Es sieht
die Seele dich. Doch daß du's weißt:
ich sterbe vor Verlangen, dich
zu sehn, und wünscht', ich hätt' ein Licht
zur Hand, damit ich Schönheit säh
und nicht nur fühle. Sag, was soll
ich tun. Kann ich dir helfen? Ich
bin einer, den's entzückt, zu Dienst
zu stehn. Ich will für dich hinab
in die Verdammnis gehn, um zu
verdienen, dich zu küssen. So
sprich doch. Ich rede hier, und du
schweigst. Bist du bös?

Verlassene

Ich bin nicht bös.
Ich bin nur leid. Sprich weiter. Dein
Gespräch hat was wie Trost für mich.
Du sprichst zutraulich. Sage, bist
du ein so armer Mensch, und als
Person so niedrig, daß du mußt
zu der Verfemten reden, und
noch in so gutem Ton? Es muß nicht viel
Stand, Würde und Bedeutendheit
am Menschen sein, der zu mir spricht
und noch, wie's scheint, so gern.

Tobold

Es gibt mehr Armut als du träumst.

Verlassene

Kann jemand ärmer sein als ich?

Tobold

Wohl kann noch jemand ärmer sein.
Sind denn nicht alle Menschen sehr,
sehr arm? Wer brüstet sich und sagt:
«Ich bin wahrhaftig reich»? Niemand
ist reich. Geboren sein heißt in
die Armut sinken. Leben heißt
mit Nöten kämpfen. Es gab nie
solch einen Lebensreichtum. Reich
ist, wer nicht bös ist. Wenn du kein
Gelüst hast, dich zu rächen, kein
Gefühl des Zorns hast, bist du nicht
die Ärmste. Wer noch weint, ist reich.
Wer unrecht hat, ist reich. Zu den
Besitzenden gehört nicht der
Besitzende, nicht der, der auf dem Recht beharrt,
nicht der Starrköpfige, der
recht haben will. Unrecht ist süß,
wonnig und reich, und wenn du im
Gefängnis sitz'st und büß'st, so bist
du reich.

Verlassene

So bin ich reich im Leid?
Welch eine Sprache führst du da?
Bist du zu mir gekommen, mir
zu sagen, daß ich reicher sei
als die, die glauben, ich sei sehr
elend, als die, die denken, ich
müsse verzweifeln?

Tobold

Ja, gewiß.

Verlassene

Bist du ein Engel?

Tobold

I bewahr!
Ein Häufchen Unzulänglichkeit,
das bin ich. Schlecht bin ich. Seh's ein.

Verlassene

So ist es Kunst nur, was du sprichst?

Tobold

Nein, Seele. Wie auch könnt' es Kunst
sein, da ich doch kein Künstler bin.

Verlassene

Was bist du?

Tobold

Weiß es selber nicht.
Muß erst erfahren, was ich bin.

Verlassene

Du redest lieb. Und da ich von
Stand und Geburt bin (worauf ich
nicht stolz bin), nimm den Ring von mir
und geh. Du kannst nichts weiter für
mich tun, als gehn. Verlaß den Ort. –

Anderswo

Tobold

Ganz wie ein blauer Baldachin
ist hier der Himmel ausgespannt.
Welch eine Freiheit duftet hier,
welch ein Gefühl geht durch die Luft.
Die Luft ist frisch, man atmet sie
in köstlich gierigen Zügen ein.
Wenn man nur nicht verdrossen ist,
so ist der Tag wie ein Kristall.
Wie schön ist's hier. Dort fällt ein Blatt.
Man möchte gehen und es an
die Lippen drücken. Nebel streicht
durch das Revier. Es blitzt. Es ist
alles ganz feucht. Es schimmert, es
ist Wonne für die Augen, und
wie warm, wie gut die Bäume stehn,
ganz voll noch von dem gelben Laub.
Hier ist ein Stückchen grün noch vom
versunknen üppigen Sommer her.
Dort sieht man Tannen. Feierlich
stehn sie an Teiches Rand, sich in
dem Wasser spiegelnd. Horch. Ein Schrei.
Das ist der Vogel in der Luft.
Und schön und schön und schöner wird's.
Man faßt es nicht. Das Gelb ist wie
der Ruhm, das Blau, das zärtliche,
wie Liebe, und das Braun dort gleicht
der Ehre. Wege schlängeln sich
durch das Gebüsch, und alles dies
hängt wie ein süßes Farbenwerk
zusammen. Glücklich ist's. Nicht ich

bin glücklich. Es, das All, ist es.
Doch ganz gewiß auch ich. Wenn das
Gesamte, das Verbund'ne, das
Zerfloss'ne und Umwobene
so schön ist, bin auch ich so schön,
schön durch Genuß. Denn das
Umfassende faßt ja auch mich ein. So
gehör ich dir, Natur. So bin
ich Ton im Chor, und im Gesang
bin eine dünne Stimme ich.

Der Gebieter

Du Lümmel, sag, was tust du hier?
Du schaffst wohl grad am Tagwerk? Was?
Natur begaffen, fauler Strick!
Wart. Mit der Peitsche will ich dich
das All erfassen lehren. So. Und jetzt
marsch an die Arbeit. Fort.

HELBLINGS GESCHICHTE

Ich heiße Helbling und erzähle hier meine Geschichte selbst, da sie sonst wahrscheinlich von niemandem aufgeschrieben würde. Heutzutage, wo die Menschheit raffiniert geworden ist, kann es keine besonders kuriose Sache mehr sein, wenn einer, wie ich, sich hinsetzt und anfängt, an seiner eigenen Geschichte zu schreiben. Sie ist kurz, meine Geschichte, denn ich bin noch jung, und sie wird nicht zu Ende geschrieben, denn ich habe voraussichtlich noch lange zu leben. Das Hervorstechende an mir ist, daß ich ein ganz, beinahe übertrieben gewöhnlicher Mensch bin. Ich bin einer der Vielen, und das gerade finde ich so seltsam. Ich finde die Vielen seltsam, und denke immer: «Was machen, was treiben sie nur alle?» Ich verschwinde förmlich unter der Masse dieser Vielen. Wenn ich mittags, wenn es zwölf Uhr schlägt, von der Bank, wo ich beschäftigt bin, nach Hause eile, so eilen sie alle mit, einer sucht den andern zu überholen, einer will längere Schritte nehmen als der andere, und doch denkt man dabei: «Es kommen doch alle nach Hause.» In der Tat kommen sie alle nach Hause, denn es ist kein ungewöhnlicher Mensch unter ihnen, dem es arrivieren könnte, daß er den Weg nicht mehr fände nach Hause. Ich bin mittelgroß von Gestalt und habe deshalb Gelegenheit, mich zu freuen, darüber, daß ich weder hervorstechend klein, noch herausplatzend groß bin. Ich habe so das Maß, wie man auf schriftdeutsch sagt. Wenn ich zu Mittag esse, denke ich immer, ich könnte eigentlich anderswo, wo es vielleicht fideler zuginge am Eßtisch, ebenso gut, oder noch feiner essen, und denke dann darüber nach, wo das wohl sein könnte, wo die lebhaftere Unterhaltung mit dem besseren Essen verbunden wäre. Ich lasse alle Stadtteile und alle Häuser, die ich kenne, in meiner Erinnerung vorübergehen, bis ich etwas ausfindig gemacht habe, das etwas für mich sein könnte. Im allgemeinen halte ich sehr viel auf meine Person, ja, ich denke eigentlich nur an mich, und bin immer darauf bedacht, es mir so gut gehen zu lassen, wie nur irgend denkbar. Da ich ein Mensch aus guter Familie bin, mein Vater ist ein angesehener Kaufmann in der Provinz, so finde ich leicht an den Dingen, die sich mir nähern wollen, und denen ich auf den Leib rücken soll, allerlei auszusetzen, zum Beispiel: es ist mir alles zu wenig fein. Ich habe stets die Empfindung, daß an mir etwas Kostbares, Empfindsames und Leichtzerbrechliches ist, das geschont werden muß, und halte die andern für lange nicht so kostbar und feinfühlig. Wieso das nur kommen mag! Es ist gerade, als wäre man zu wenig grob geschnitzt für dieses Leben. Es ist jedenfalls ein Hemmnis, das mich hindert, mich auszuzeichnen, denn wenn ich beispielsweise einen Auftrag erledigen soll, so besinne ich mich immer erst eine halbe Stunde, manchmal auch eine ganze! Ich überlege und träume so vor mich hin: «Soll ich es anpacken, oder soll ich noch zögern, es anzupacken!», und unterdessen, ich fühle das, werden schon einige meiner Kollegen bemerkt haben, daß ich ein träger Mensch bin, während ich doch nur als zu empfindsam gelten kann. Ach, man wird so falsch beurteilt. Ein Auftrag erschreckt mich immer, veranlaßt mich, mit meiner flachen Hand strichweise über den Pultdeckel zu fahren, bis ich entdecke, daß ich höhnisch beobachtet werde, oder ich tätschle mir mit der Hand die Wangen, greife mich unter das Kinn, fahre mir über die Augen, reibe die Nase und streiche die Haare von der Stirne weg, als ob dort meine Aufgabe läge, und nicht auf dem Bogen Papier, der vor mir, auf dem Pult, ausgebreitet liegt. Vielleicht habe ich meinen Beruf verfehlt, und dennoch glaube ich zuversichtlich, daß ich es mit jedem Beruf so hätte, so machen würde und verderben würde. Ich genieße, infolge meiner vermeintlichen Trägheit, wenig Achtung. Man nennt mich einen Träumer und Schlafpelz. O, die Menschen sind darin talentvoll, einem ungebührliche Titel anzuhängen. Es ist allerdings wahr: die Arbeit liebe ich nicht besonders, weil ich mir immer einbilde, sie beschäftige und locke zu wenig meinen Geist. Das ist auch wieder so ein Punkt. Ich weiß nicht, ob ich Geist besitze, und ich darf es kaum glauben, denn ich habe bereits öfters die Überzeugung gewonnen, daß ich mich jedesmal dumm anstelle, wenn man mir einen verstand- und scharfsinnfordernden Auftrag gibt. Das macht mich in der Tat stutzig, und veranlaßt mich darüber nachzudenken, ob ich zu den seltsamen Menschen gehöre, die nur klug sind, wenn sie es sich einbilden, und aufhören, klug zu sein, sobald sie zeigen sollten, daß sie es wirklich sind. Es fallen mir eine Menge intelligenter, schöner, spitzfindiger Sachen ein, aber sobald ich sie in Anwendung bringen soll, versagen sie mir und verlassen mich, und ich stehe dann da wie ein ungelehriger Lehrjunge. Deshalb mag ich meine Arbeit nicht gern, weil sie mir einesteils zu wenig geistvoll ist und mir andersteils sogleich über den Kopf hinauswächst, sobald sie den Anstrich des Geistvollen erhält. Wo ich nicht denken soll, da denke ich immer, und wo ich verpflichtet wäre, es zu tun, kann ich es nicht. Aus diesem zwiespältigen Grunde verlasse ich auch den Bureausaal immer einige Minuten vor zwölf und komme immer erst einige Minuten später als die andern an, was mir schon einen ziemlich schlechten Ruf eingetragen hat. Aber es ist mir so gleichgültig, so unsäglich gleichgültig, was sie von mir sagen. Ich weiß zum Beispiel sehr wohl, daß sie mich für einen Schafskopf ansehen, aber ich fühle, daß wenn sie ein Recht zu dieser Annahme haben, ich sie daran nicht verhindern kann. Ich sehe auch wirklich etwas schafsköpfig aus in meinem Gesicht, Betragen, Gang, Sprechen und Wesen. Es ist kein Zweifel, daß ich, um ein Beispiel herauszunehmen, in den Augen einen etwas blödsinnigen Ausdruck habe, der die Menschen leicht irreführt und ihnen eine geringe Meinung von meinem Verstand gibt.

Mein Wesen hat viel Läppisches und dazu noch Eitles an sich, meine Stimme klingt sonderbar, so als wüßte ich selber, der Sprecher, nicht, daß ich rede, wenn ich rede. Etwas Verschlafenes, Noch-nicht-ganz-Aufgewecktes haftet mir an, und daß es bemerkt wird, habe ich bereits aufgezeichnet. Mein Haar streiche ich immer ganz glatt auf dem Kopf, das erhöht vielleicht noch den Eindruck trotziger und hilfloser Dummheit, den ich mache. Dann stehe ich so da, am Pult, und kann halbstundenlang in den Saal, oder zum Fenster hinausglotzen. Die Feder, mit der ich schreiben sollte, halte ich in der untätigen Hand. Ich stehe und trete von einem Fuß auf den andern, da mir eine größere Beweglichkeit nicht gestattet ist, sehe meine Kollegen an und begreife gar nicht, daß ich in ihren Augen, die zu mir hinüberschielen, ein erbärmlicher, gewissenloser Faulenzer bin, lächle, wenn mich einer ansieht, und träume, ohne zu sinnen. Wenn ich das könnte: Träumen! Nein, ich habe keine Vorstellung davon. Nicht die mindeste! Ich denke mir immer, wenn ich einen Haufen Geld hätte, würde ich nicht mehr arbeiten, und freue mich wie ein Kind darüber, daß ich dieses denken konnte, wenn der Gedanke ausgedacht ist. Das Gehalt, das ich bekomme, erscheint mir zu klein, und ich denke gar nicht daran, mir zu sagen, daß ich nicht einmal so viel verdiene mit meinen Leistungen, trotzdem ich weiß, daß ich so gut wie nichts leiste. Seltsam, ich habe gar nicht das Talent, mich einigermaßen zu schämen. Wenn mich einer, zum Beispiel ein Vorgesetzter, anschnauzt, so bin ich darüber im höchsten Grade empört, denn es verletzt mich, angeschnauzt zu werden. Ich ertrage das nicht, obgleich ich mir sage, daß ich eine Rüge verdient habe. Ich glaube, ich widersetze mich dem Vorwurf des Vorgesetzten deshalb, damit ich das Gespräch mit ihm ein wenig in die Länge ziehen kann, vielleicht eine halbe Stunde, dann ist doch wiederum eine halbe Stunde verstrichen, während deren Verlauf ich mich wenigstens nicht gelangweilt habe. Wenn meine Kollegen glauben, ich langweile mich, so haben sie allerdings recht, denn ich langweile mich zum Entsetzen. Nicht die geringste Anregung! Mich langweilen, und darüber nachsinnen, wie ich die Langeweile etwa unterbrechen könnte: darin besteht eigentlich meine Beschäftigung. Ich vollbringe so wenig, daß ich selber von mir denke: «Wirklich, du vollbringst nichts!» Oftmals kommt es über mich, daß ich gähnen muß, ganz unabsichtlich, indem ich meinen Mund aufsperre, gegen die Höhe der Zimmerdecke, und dann mit der Hand nachfahre, um langsam die Mundöffnung zu verdecken. Alsdann finde ich es für angebracht, mit den Fingerspitzen meinen Schnurrbart zu drehen und etwa auf das Pult zu klopfen, mit der Innenfläche eines meiner Finger, ganz wie in einem Traum. Manchmal erscheint mir das alles wie ein unverständlicher Traum. Dann bemitleide ich mich und möchte über mich weinen. Aber, wenn das Traumartige verfliegt, möchte ich mich, der Länge und Breite nach, auf den Boden werfen, möchte umstürzen, mir an einer Kante des Pultes recht weh tun, damit ich den zeitvertreibenden Genuß eines Schmerzes empfinden könnte. Meine Seele ist nicht ganz schmerzlos über meinen Zustand, denn ich vernehme manchmal, wenn ich recht das Ohr spitze, darin einen leisen, klagenden Ton der Anklage, ähnlich der Stimme meiner noch lebenden Mutter, die mich immer für etwas Rechtes gehalten hat, im Gegensatz zum Vater, der da viel strengere Grundsätze besitzt, als sie. Aber meine Seele ist mir ein zu dunkles und wertloses Ding, als daß ich schätzte, was sie vernehmen läßt. Ich halte nichts von ihrem Ton. Ich denke mir, daß man nur aus Langeweile auf das Gemurmel der Seele horcht. Wenn ich im Bureau stehe, werden meine Glieder langsam zu Holz, das man wünscht, anzünden zu können, damit es verbrenne: Pult und Mensch werden Eines mit der Zeit. Die Zeit, das gibt mir immer zu denken. Sie vergeht schnell, doch in all der Schnelligkeit scheint sie sich plötzlich zu krümmen, scheint zu brechen, und dann ist es, als ob gar keine Zeit mehr da wäre. Manchmal hört man sie rauschen wie eine Schar auffliegender Vögel, oder zum Beispiel im Wald: da höre ich immer die Zeit rauschen, und das tut einem recht wohl, denn dann braucht der Mensch nicht mehr zu denken. Aber es ist meistens anders: so totenstill! Kann das ein Menschenleben sein, das man nicht spürt, sich vorwärts, dem Ende zudrängen! Mein Leben scheint mir bis zu diesem Augenblick ziemlich inhaltlos gewesen zu sein, und die Gewißheit, daß es inhaltlos bleiben wird, gibt etwas Endloses, etwas, das einem befiehlt, einzuschlafen und nur noch das Unumgänglichste zu verrichten. So tue ich es denn auch: ich tu nur so, als ob ich eifrig schaffe, wenn ich den übelriechenden Atem meines Chefs hinter mir spüre, der heranschleicht, um mich bei der Trägheit überraschen zu können. Seine Luft, die er ausströmt, ist sein Verräter. Der gute Mann verschafft mir immer eine kleine Abwechslung, deshalb mag ich ihn noch ganz wohl leiden. Aber was veranlaßt mich denn eigentlich nur, so wenig meine Pflicht und meine Vorschriften zu respektieren? Ich bin ein kleines, blasses, schüchternes, schwaches, elegantes, zimperliches Kerlchen voll lebensuntüchtiger Empfindsamkeiten und würde die Härte des Lebens, wenn es mir einmal schief gehen sollte, nicht ertragen können. Kann mir der Gedanke, daß man mich aus meiner Stellung entlassen wird, wenn ich so fortfahre, keine Furcht einjagen? Wie es scheint, nicht, und wie es wiederum scheint: wohl! Ich fürchte mich ein bißchen, und fürchte mich wieder ein bißchen nicht. Vielleicht bin ich zur Furcht zu unintelligent, ja, es scheint mir beinahe, als ob der kindliche Trotz, den ich anwende, um mir vor meinen Mitmenschen Genugtuung zu verschaffen, ein Zeichen von Schwachköpfigkeit ist. Aber, aber: es paßt wundervoll zu meinem Charakter, der mir stets vorschreibt, mich ein wenig außergewöhnlich zu benehmen, wenn auch zu meinem Nachteil. So zum Beispiel bringe ich, was auch nicht statthaft ist, kleine Bücher ins Bureau, wo ich sie aufschneide und lese, ohne eigentlich Genuß am Lesen zu haben. Aber es sieht wie die feine Widerspenstigkeit eines gebildeten, mehr als die andern sein wollenden Menschen aus. Ich will eben immer mehr sein, und habe einen Jagdhundeifer nach Auszeichnung. Wenn ich das Buch jetzt lese, und es tritt ein Kollege zu mir heran mit der Frage, die vielleicht ganz am Platz ist: «Was lesen Sie da, Helbling?», so ärgert mich das, weil es in diesem Fall anständig ist, ein ärgerliches Wesen zu zeigen, das den zutulichen Fragenden wegtreibt. Ich tue ungemein wichtig, wenn ich lese, blicke mich nach allen Seiten nach Menschen um, die mir zusehen, wie klug da einer seinen Geist und Witz ausbilde, schneide mit prachtvoller Langsamkeit Seite für Seite auf, lese nicht einmal mehr, sondern lasse es mir genügen, die Haltung eines in eine Lektüre Versunkenen angenommen zu haben. So bin ich: schwindelköpfig und auf den Effekt berechnet. Ich bin eitel, aber von einer merkwürdig billigen

Zufriedenheit in meiner Eitelkeit. Meine Kleider sind von plumpem Ansehen, aber ich bin eifrig im Wechseln von Anzügen, denn es macht mir ein Vergnügen, den Kollegen zu zeigen, daß ich mehrere Anzüge besitze und daß ich einigen Geschmack in der Wahl von Farben habe. Grün trage ich gern, weil es mich an den Wald erinnert, und Gelb trage ich an windigen, luftigen Tagen, weil es zum Wind und zum Tanzen paßt. Es kann sein, daß ich mich darin irre, ich zweifle gar nicht daran, denn wie oft ich mich am Tag irre, wird mir genugsam vorgehalten. Man glaubt schließlich selber, daß man ein Einfaltspinsel ist. Aber was macht es aus, ob man ein Tropf oder ein Mann von Achtung ist, da doch der Regen ebensogut auf einen Esel wie auf eine respektable Erscheinung herabregnet. Und gar die Sonne! Ich bin glücklich, in der Sonne, wenn es zwölf Uhr geschlagen hat, nach Hause laufen zu dürfen, und wenn es regnet, spanne ich den üppigen, bauchigen Regenschirm über mich, damit mein Hut, den ich sehr schätze, nicht naß wird. Mit meinem Hut gehe ich sehr sanft um, und es scheint mir immer, wenn ich meinen Hut noch berühren kann, in der zarten Weise, wie ich es gewohnt bin, so sei ich immer noch ein ganz glücklicher Mensch. Besondere Freude macht es mir, ihn, wenn es Feierabend geworden ist, sorgsam auf die Scheitel zu setzen. Das ist mir immer der geliebte Abschluß eines jeden Tages. Mein Leben besteht ja aus lauter Kleinigkeiten, das wiederhole ich mir immer wieder, und das kommt mir so wunderlich vor. Für große Ideale, die die Menschheit betreffen, habe ich es nie passend gefunden, zu schwärmen, denn ich bin im Grunde mehr kritisch als schwärmerisch veranlagt, wofür ich mir ein Kompliment mache. Ich bin so einer, der es als herabsetzend empfindet, wenn er einem idealen Menschen in langen Haaren, Sandalen an den nackten Beinen, Schurzfell um die Lenden und Blumen im Haar begegnet. Ich lächle dann verlegen in solchen Fällen. Laut lachen, was man doch am liebsten möchte, kann man nicht, auch ist es eigentlich mehr zum Ärgerlich-Werden, als zum Lachen, unter Menschen zu leben, die an einer glatten Scheitel, wie ich sie trage, keinen Geschmack finden. Ich ärgere mich eben gerne, deshalb ärgere ich mich, wo sich mir nur immer eine Gelegenheit bietet. Ich mache öfters hämische Bemerkungen, und habe es doch sicherlich wenig nötig, meine Bosheit an andern auszulassen, da ich doch genug weiß, was es heißt, unter der Spottsucht anderer zu leiden. Aber das ist es ja: ich mache gar keine Beobachtungen, nehme keine Lehren an und verfahre immer noch so, wie an dem Tage, da ich aus der Schule entlassen wurde. Viel Schulknabenhaftes klebt an mir und wird wahrscheinlich mein beständiger Begleiter durchs Leben bleiben. Es soll solche Menschen geben, die gar keine Spur von Besserungsfähigkeit und kein Talent besitzen, sich an der anderen Benehmen auszubilden. Nein, ich bilde mich nicht, denn ich finde es unter meiner Würde, mich dem Bildungsdrang hinzugeben. Außerdem bin ich schon gebildet genug, um einen Stock mit einiger Manier in der Hand zu tragen und eine Schleife um den Hemdkragen binden zu können und den Eßlöffel mit der rechten Hand anzufassen und zu sagen, auf eine bezügliche Frage: «Danke, ja, es war sehr hübsch gestern abend!» Was soll die Bildung viel aus mir machen? Hand auf die Brust: ich glaube, da käme die Bildung ganz und gar an den Unrichtigen. Ich strebe nach Geld und nach bequemen Würden, das ist mein Bildungsdrang! Über einen Erdarbeiter komme ich mir furchtbar erhaben vor, wenn er mich auch, wenn er wollte, mit dem Zeigefinger seiner linken Hand in ein Erdloch, wo ich mich beschmutzen würde, hinabschleudern könnte. Kraft und Schönheit an armen Menschen und in bescheidenem Gewande machen auf mich keinen Eindruck. Ich denke immer, wenn ich solch einen Menschen sehe, wie gut es unsereiner doch habe mit der überlegenen Weltstellung, einem solch ausgearbeiteten Tropf gegenüber, und kein Mitleid beschleicht mein Herz. Wo hätte ich ein Herz? Ich habe vergessen, daß ich eines habe. Gewiß ist das traurig, aber wo fände ich es für angebracht, Trauer zu empfinden. Trauer empfindet man nur, wenn man einen Geldverlust aufzuweisen hat, oder wenn einem der neue Hut nicht recht passen will, oder wenn plötzlich die Werte auf der Börse sinken, und dann muß man sich noch fragen, ob das Trauer ist oder nicht, und es ist bei näherem Zusehen keine, sondern nur ein angeflogenes Bedauern, das verfliegt wie der Wind. Es ist, nein, wie kann ich mich da ausdrücken: es ist wunderbar seltsam, so keine Gefühle zu haben, so gar nicht zu wissen, was ein Empfinden ist. Gefühle, die die eigene Person betreffen, hat jeder, und das sind im Grunde verwerfliche, der Gesamtheit gegenüber anmaßliche Gefühle. Aber Gefühle für einen jeden? Wohl hat man bisweilen Lust, sich darüber zu befragen, spürt etwas wie eine leise Sehnsucht danach, ein guter, bereitwilliger Mensch zu werden, aber, wann käme man dazu? Etwa um sieben Uhr des Morgens, oder sonst wann? Schon am Freitag und dann während des darauffolgenden ganzen Samstages besinne ich mich darauf, was ich am Sonntage unternehmen könnte, weil doch immer am Sonntag etwas unternommen werden muß. Allein gehe ich selten. Gewöhnlich schließe ich mich einer Gesellschaft von jungen Leuten an, wie sich eben einer anschließt, es geht ganz einfach, man geht einfach mit, obschon man weiß, daß man ein ziemlich langweiliger Geselle ist. Ich fahre zum Beispiel mit einem Dampfboot über den See, oder gehe zu Fuß in den Wald, oder fahre mit der Eisenbahn an entferntere schöne Orte. Oft begleite ich junge Mädchen zum Tanz, und ich habe die Erfahrung gemacht, daß mich die Mädchen gerne leiden mögen. Ich habe ein weißes Gesicht, schöne Hände, einen eleganten, flatternden Frack, Handschuhe, Ringe an den Fingern, einen mit Silber beschlagenen Stock, sauber gewichste Schuhe und ein zartes, sonntägliches Wesen, eine so merkwürdige Stimme und etwas leis Verdrossenes um den Mund, etwas, wofür ich selber kein Wort habe, das mich aber den jungen Mädchen zu empfehlen scheint. Wenn ich spreche, klingt es, als ob ein Mann von Gewicht spräche. Das Wichtigtuerische gefällt, da ist kein Zweifel zu hegen. Was den Tanz betrifft, so tanze ich, wie einer, der eben erst Tanzunterricht genommen und genossen hat: flott, zierlich, pünktlich, genau, aber zu schnell und zu saftlos. Es ist Genauigkeit und Sprunghaftigkeit in meinem Tanz, aber nur keine Grazie. Wie könnte ich der Grazie fähig sein! Aber ich tanze leidenschaftlich gern. Wenn ich tanze, vergesse ich, daß ich Helbling bin, denn ich bin dann nichts mehr als nur noch ein glückliches Schweben. Das Bureau mit seinen mannigfaltigen Qualen würde mir keine Erinnerung zu Gesicht bringen. Um mich herum sind gerötete Gesichter, Duft und Glanz von Mädchenkleidern, Mädchenaugen blicken mich an, ich fliege: kann man sich seliger denken? Nun habe ich es doch: einmal in dem Kreise der Woche vermag ich selig zu sein. Eines der Mädchen, die ich stets begleite, ist meine Braut, aber sie behandelt mich schlecht, schlechter, als mich die andern behandeln. Sie ist mir, wie ich wohl bemerke, auch keineswegs treu, liebt mich wohl kaum, und ich, liebe ich sie etwa? Ich habe viele Fehler an mir, die ich freimütig ausgesprochen habe, aber hier scheinen mir alle meine Fehler und Mängel vergeben zu sein: ich liebe sie. Es ist mein Glück, daß ich sie lieben, und um ihretwillen oft verzagen darf. Sie gibt mir ihre Handschuhe und ihren rosaseidenen Schirm zu tragen, wenn es Sommer ist, und im Winter darf ich ihr im tiefen Schnee nachtrotteln, um ihr die Schlittschuhe nachzutragen. Ich begreife die Liebe nicht, aber spüre sie. Gut und böse sind doch nichts gegen die Liebe, die gar nichts anderes und übriges kennt, als Liebe. Wie soll ich das sagen: so nichtswürdig und leer ich sonst immer bin, so ist doch noch nicht alles verloren, denn ich bin wirklich der treuen Liebe fähig, obschon ich zur Treulosigkeit Gelegenheit genug hätte. Ich fahre mit ihr im Sonnenschein, unter dem blauen Himmel, in einem Nachen, den ich vorwärtsrudere, auf dem See, und lächle sie immer an, während sie sich zu langweilen scheint. Ich bin ja auch ein ganz langweiliger Kerl. Ihre Mutter hat eine kleine, armselige, etwas verrufene Arbeiterkneipe, wo ich Sonntage lang zubringen kann mit Sitzen, Schweigen und Sie-Ansehen. Manchmal beugt sich auch ihr Gesicht zu dem meinigen hinunter, um mich einen Kuß ihr auf den Mund drücken zu lassen. Sie hat ein süßes, süßes Gesicht. An ihrer Wange befindet sich eine alte, vernarbte Schramme, was ihren Mund ein wenig verzerrt, aber ins Süße. Augen hat sie ganz kleine, mit denen sie einen so listig anblinzelt, als wollte sie sagen: «Dir will ich es auch noch zeigen!» Oft setzt sie sich zu mir auf das schäbige, harte Wirtshaussofa, und flüstert mir ins Ohr, daß es doch schön sei, verlobt zu sein. Ich weiß selten etwas zu ihr zu sagen, denn ich fürchte immer, daß es nicht passend wäre, so schweige ich, und wünsche doch heftig, zu ihr etwas zu sprechen. Einmal hat sie mir ihr kleines, duftendes Ohr an meine Lippen gereicht: Ob ich ihr nichts zu sagen hätte, das man nur flüstern könne? Ich sagte zitternd, daß ich nichts wüßte, und da hat sie mir eine Ohrfeige gegeben und hat dazu gelacht, aber nicht freundlich, sondern kalt. Mit ihrer Mutter und ihrer kleinen Schwester steht sie nicht gut und will nicht haben, daß ich der Kleinen Freundlichkeiten erweise. Ihre Mutter hat eine rote Nase vom Trinken, und ist ein lebhaftes, kleines Weib, das sich gern zu den Männern an den Tisch setzt. Aber meine Braut setzt sich auch zu den Männern. Sie hat mir einmal leise gesagt: «Ich bin nicht mehr keusch», in einem Ton der Natürlichkeit, und ich habe nichts dagegen einzuwenden gehabt. Was wäre es gewesen, was ich ihr dazu hätte sagen können. Andern Mädchen gegenüber habe ich einen gewissen Schneid, sogar Wortwitz, aber bei ihr sitze ich stumm und sehe sie an und verfolge jede ihrer Manieren mit meinen Augen. Ich sitze jedesmal so lang, bis die Wirtschaft geschlossen werden muß, oder noch länger, bis sie mich nach Hause schickt. Wenn die Tochter nicht da ist, setzt sich ihre Mutter zu mir an den Tisch und versucht, die Abwesende in meinen Augen schlecht zu machen. Ich wehre nur so mit der Hand ab und lächle dazu. Die Mutter haßt ihre Tochter, und es liegt auf der Hand, daß sie sich beide hassen, denn sie sind sich im Wege mit ihren Absichten. Beide wollen einen Mann haben, und beide mißgönnen einander den Mann. Wenn ich abends so auf dem Sofa sitze, merken es alle

Leute, die in der Kneipe verkehren, daß ich der Bräutigam bin, und jeder will an mich wohlwollende Worte richten, was mir ziemlich gleichgültig ist. Das kleine Mädchen, das noch in die Schule geht, liest neben mir in ihren Büchern, oder sie schreibt große, lange Buchstaben in ihr Schreibheft und reicht es mir immer dar, um mich das Geschriebene durchsehen zu lassen. Sonst habe ich nie auf so kleine Geschöpfe geachtet, und nun mit einem Male sehe ich ein, wie interessant jedes kleine, aufwachsende Geschöpf ist. Daran ist meine Liebe zu der andern schuld. Man wird besser und aufgeweckter durch eine ehrliche Liebe. Im Winter sagt sie zu mir: «Du, es wird schön sein im Frühling, wenn wir zusammen durch die Gartenwege spazieren werden», und im Frühling sagt sie: «Es ist langweilig mit dir.» Sie will in einer großen Stadt verheiratet sein, denn sie will noch etwas haben vom Leben. Die Theater und Maskenbälle, schöne Kostüme, Wein, lachende Unterhaltung, fröhliche, erhitzte Menschen, das liebt sie, dafür schwärmt sie. Ich schwärme eigentlich auch dafür, aber wie das sich alles machen soll, weiß ich nicht. Ich habe ihr gesagt: «Vielleicht verliere ich auf nächsten Winter meine Stellung!» Da hat sie mich groß angeschaut und mich gefragt: «Warum?» Was hätte ich ihr für eine Antwort geben sollen? Ich kann ihr doch nicht meine ganze Charakteranlage in einem Atem herunterschildern. Sie würde mich verachten. Bis jetzt meint sie immer, daß ich ein Mann sei von einiger Tüchtigkeit, ein Mann, allerdings ein etwas komischer und langweiliger, aber doch ein Mann, der seine Stellung in der Welt habe. Wenn ich ihr nun sagte: «Du irrst dich, meine Stellung ist eine äußerst schwankende», so hat sie keinen Grund, weiter meinen Umgang zu wünschen, da sie doch alle ihre Hoffnungen in bezug auf mich zerstört sieht. Ich lasse es gehen, ich bin ein Meister darin, eine Sache schlitteln zu lassen, wie man zu sagen pflegt. Vielleicht, wenn ich Tanzlehrer oder Restaurateur oder Regisseur wäre, oder sonst irgendeinen Beruf hätte, der mit dem Vergnügen der Menschen zusammenhängt, würde ich Glück haben, denn ich bin so ein Mensch, so ein tänzelnder, schwebender, beineherumwerfender, leichter, flotter, leiser, sich stets verbückender und zartempfindender, der Glück hätte, wenn er Wirt, Tänzer, Bühnenleiter oder so etwas wie Schneider wäre. Wenn ich Gelegenheit habe, ein Kompliment zu machen, bin ich glücklich. Läßt das nicht tief blicken? Ich bringe sogar da Verneigungen an, wo es gar nicht üblich ist, oder wo nur Scharwenzler und Dummköpfe sich verbeugen, so sehr bin ich in die Sache verliebt. Für eine ernste Mannesarbeit habe ich weder einen Geist noch eine Vernunft, noch Ohr, noch Auge und Sinn. Es ist mir das mir am fernsten Liegende, was es auf der Welt geben könnte. Ich will Profit machen, aber es soll mich nur ein Zwinkern mit den Augen, höchstens ein faules Handausstrecken kosten. Sonst ist Scheu vor der Arbeit an Männern etwas nicht ganz Natürliches, aber mich kleidet es, mir paßt es, wenn es auch ein trauriges Kleid ist, das mir da so vorzüglich paßt, und wenn der Schnitt des Kleides auch ein erbärmlicher ist: warum sollte ich nicht sagen: «Es sitzt mir», wenn doch jedes Menschenauge sieht, daß es mir faltenlos sitzt. Die Scheu vor der Arbeit! Aber ich will nichts mehr darüber sagen. Ich meine übrigens immer, das Klima, die feuchte Seeluft, sei schuld daran, daß ich nicht zum Arbeiten komme, und suche jetzt, gedrängt von dieser Erkenntnis, Stellung im Süden, oder in den Bergen. Ich könnte ein Hotel dirigieren, oder eine Fabrik leiten, oder die Kasse einer kleineren Bank verwalten. Eine sonnige, freie Landschaft müßte imstande sein, in mir Talente zu entwickeln, die bis jetzt in mir geschlafen haben. Eine Südfruchthandlung wäre auch nichts Übles. Auf jeden Fall bin ich ein Mensch, der immer meint, durch eine äußerliche Veränderung innerlich ungeheuer zu gewinnen. Ein anderes Klima würde auch eine andere Mittagstafel erzeugen, und das ist es vielleicht, was mir fehlt. Bin ich eigentlich krank? Mir fehlt so viel, mir mangelt eigentlich alles. Sollte ich ein unglücklicher Mensch sein? Sollte ich ungewöhnliche Anlagen besitzen? Sollte es eine Art Krankheit sein, sich beständig, wie ich es tue, mit solchen Fragen abzugeben? Jedenfalls ist es eine nicht ganz normale Sache. Heute bin ich wieder zehn Minuten zu spät in die Bank gekommen. Ich komme nicht mehr dazu, zur rechten Zeit anzutreten, wie andere. Ich sollte eigentlich ganz allein auf der Welt sein, ich, Helbling, und sonst kein anderes lebendes Wesen. Keine Sonne, keine Kultur, ich nackt auf einem hohen Stein, kein Sturm, nicht einmal eine Welle, kein Wasser, kein Wind, keine Straßen, keine Banken, kein Geld, keine Zeit und kein Atem. Ich würde dann jedenfalls nicht mehr Angst haben. Keine Angst mehr und keine Fragen, und ich würde auch nicht mehr zu spät kommen. Ich könnte die Vorstellung haben, daß ich im Bett läge, ewig im Bett. Das wäre vielleicht das Schönste!

BRIEF EINES VATERS AN SEINEN SOHN

Du beklagst dich, mein lieber Sohn, darüber, daß ich dich höchst mangelhaft erziehe, daß ich dich z. B. nach Nidau hinausschicke, um eine Kommission zu verrichten, und darüber, daß ich dir befehle, in den Holzkeller hinunterzuspazieren, um Holz zu spalten. Sei nicht unaufrichtig, sei nicht sentimental, Junge: weiß ich ja doch ganz genau, daß dir das Laufen auf der heißen und staubbedeckten Landstraße, die nach Nidau, dem altersgrauen Städtchen hinausführt, Vergnügen macht, und daß du leidenschaftlich gern Holz spaltest. Du wirfst mir vor, daß im Mülleimerheruntertragen und im Holzhacken keine Erziehung liege. Ich bin aber anderer Ansicht. Es liegt sehr viel Erziehung von der besten Sorte in der Verrichtung gewissermaßen schäbiger, schimmeliger und niedriger Arbeiten. Wenn du z. B. mit dem Milchtopf in der Hand über die Gasse gehen mußt, um Milch beim Milchhändler zu holen, eine Verrichtung, deren du dich vielleicht ein wenig schämst, weil bekannte Leute dir begegnen, von denen du weißt, daß sie sich sagen, «jetzt muß er sogar Milch über die Gasse holen», so ist das, wenn auch nicht scheinbar, doch aber in Wirklichkeit eine ausgezeichnete Erziehung, denn da lernst du dich demütigen, und im Genuß dessen, was demütigend ist, liegt eine köstliche Bildung. So und ähnlich, lieber Sohn, bilde ich dich, und ich glaube, du darfst mir dankbar sein dafür. Du scheinst es nicht zu sein: nun, ich denke, du verstehst es eben noch nicht. Später wirst du es zu schätzen, zu würdigen und zu verstehen wissen.

Ferner, mein Junge, glaubst du sollen dürfen herausgemerkt haben (eine richtige Sohnes-Spitzfindigkeit), daß ich dich gerade dann an irgendeine Beschäftigung anzuspannen liebe, wenn ich weiß oder du mir zu verstehen gibst, daß du dich gern mit deinen bevorzugten Kameraden im Freien, sei es im Wald oder sei es am See, herumtummeln möchtest. So boshaft, meinst du, bin ich? Und wenn auch? Sollen denn arme, sorgengeplagte Väter, stets angespannt an den kläglichen, elendiglichen Täglichen-Brot-Gedanken, nicht auch, zur Erheiterung und Abwechslung, sich kleine, feine, reizende Bosheiten leisten dürfen? Bedenke das. Bedenke, wie viele Sorgen ich habe, und du wirst generös genug sein, mir zu erlauben, dich von Zeit zu Zeit ein wenig zu necken mit: «Du spaltest jetzt hübsch Holz, verstanden!», sowie ich etwa merke, daß du das Baden oder das Herumstreifen in den Gassen im Sinne hast. Väter haben auch ihre Schwächen, merke dir das.

Etwas sehr Seltsames, in der Tat Frappierendes sagst du, indem du mir den Vorwurf machst, daß ich ja selber Sonntagnachmittag, zum schwarzen Kaffee, die Schundromane lese, die ich geruhe, dir, dem Sohn, wenn ich dich beim heimlichen Lesen und Verschlingen ertappe, um den Kopf herumzuschlagen. Doch du bist im Unrecht, und dein Vorwurf ist eine Weinerlichkeit. Ich werde fortfahren, dir die Romanlektüre zu verbieten, so gut, wie ich fortfahren zu dürfen meine, sie mir persönlich zu gestatten. Sei taktvoll und mißgönne nicht ein Vergnügen einem Menschen, der anfängt zu altern, deshalb, weil es Pflicht dieses Menschen ist, den Genuß dieses Vergnügens seinem Sohne zu versagen.

Ich gebe nun im allgemeinen von Herzen gern zu, daß ich deine Erziehung ziemlich vernachlässige, doch ich mache mir deswegen keine Sorgen. Sei versichert: Deinen Weg durch das Leben wirst du schon finden, denn es gibt Dutzende Lebenswege, und jeder Lebensweg führt ohne alle Frage vor das eherne, erzene Tor der Unabänderlichkeit. Du wirst mir erlauben, ein wenig mit dir zu philosophieren. Werde ein Philosoph, mein Junge, was sagen will, bilde Tapferkeit in dir aus, und dann brauchst du gar nicht so viel Erziehung, das Leben wird dich genügend erziehen, habe keine Bange. Sieh, wenn ich dich ein bißchen wild und unerzogen lasse, so taugst du um so viel besser für das Leben; ungebildet lasse, so wird dich um so viel besser das spätere Leben bilden, striegeln, glätten und plätten können; ungehobelt lasse, so wirst du dich um so besser eignen für die Zurechthobelung und Polierung durch eben das Leben, welches mit Vergnügen an den Menschen herumhobelt. Die Welt, in welche du wirst zu sitzen und zu stehen kommen, wird Erzieher an dir sein und dich gründlich erziehen. Auch dafür, also dafür, daß ich dich vernachlässigt habe, wirst du mir einst danken. Bedenke, ich bitte dich, folgendes; und alsdann lasse mich ausruhen vom Schreiben und diesen väterlichen Brief beendigen.

Nimm an, ich hätte dich mustergültig erziehen lassen: mit was für einer furchtbaren Verantwortungslast auf Kopf und auf Rücken würdest du dann dastehen. Denn wisse: eine wirklich und in jeder Hinsicht gute, eine sogenannte glänzende Erziehung verpflichtet, sie verpflichtet den Empfänger zu ihr entsprechenden glänzenden Leistungen, sie verpflichtet auch zu der glänzenden Karriere. Sei du glücklich, mein Sohn, daß du wirst atmen dürfen, ohne immer nur an das Emporkommen denken zu müssen. Deine mangelhafte Erziehung verpflichtet dich nicht zu dem Gespenste, zu der Mustergültigkeit, zu dem fürchterlichen Müssen-in-jeder-Hinsicht-hervorragen. Frei wirst du sein. Ein Sohn der Natur, ein Sohn der Welt wirst du sein. Atmen und leben wirst du dürfen. Die da musterhaft sind, die leben nicht, und hiermit grüßt dich überaus herzlich, im Bewußtsein, daß er dir etwas Vernünftiges gesagt hat, dein

Vater.

SPAZIEREN

Es ging einer spazieren. Er hätte in die Eisenbahn steigen und in die Ferne reisen können, doch er wollte nur in die Nähe wandern. Das Nahe kam ihm bedeutender vor als das bedeutende und wichtige Ferne. Demnach also kam ihm das Unbedeutende bedeutend vor. Das mag man ihm wohl gönnen. Er hieß Tobold, doch ob er nun so hieß oder anders, so besaß er jedenfalls wenig Geld in der Tasche und lustigen Mut im Herzen. So ging er hübsch langsam vorwärts, er war kein Freund übergroßer Schnelligkeit. Die Hast verachtete er; mit dem stürmischen Eilen wäre er nur in ein Schwitzen gekommen. Wozu das, dachte er, und er marschierte bedächtig, sorgfältig, artig und mäßig. Die Schritte, die er machte, waren gemessen und wohlabgewogen, und das Tempo enthielt eine sehenswerte Behaglichkeit, die Sonne brannte schön heiß, worüber sich Tobold aufrichtig und ehrlich freute. Zwar hätte er auch Regen gerne hingenommen. Er würde dann einen Regenschirm aufgespannt haben und säuberlich unter dem Regen marschiert sein. Er sehnte sich sogar ein bißchen nach Nässe, aber da Sonne schien, war er mit Sonne einverstanden. Er war nämlich einer, der fast an nichts etwas auszusetzen hatte. Nun nahm er seinen Hut vom Kopfe ab, um ihn in der Hand zu tragen. Der Hut war alt. Eine gewisse handwerksburschenmäßige Abgeschossenheit zeichnete den Hut sichtlich aus. Es war ein schäbiger Hut, und dennoch behandelte ihn sein Träger mit Hochachtung, und zwar deshalb, weil Erinnerungen am Hut hingen. Tobold vermochte sich stets nur schwer von langgetragenen und abgeschabten Sachen zu trennen. So zum Beispiel trug er jetzt zerrissene Schuhe. Er hätte ein neues Paar Stiefel wohl kaufen können. So über und über arm war er denn doch nicht. Als gänzlich bettelarm wollen wir ihn nicht hinstellen. Aber die Schuhe waren alt, sie hingen voll Erinnerungen, mit ihnen war er schon viele Wege gegangen, und wie hatten die Schuhe bis dahin so treu ausgehalten. Tobold liebte alles Alte, alles Ge- und Verbrauchte, ja, er liebte sogar bisweilen Verschimmeltes. So zum Beispiel liebte er alte Leute, hübsch abgenutzte alte Menschen. Kann man daraus Tobold einen berechtigten Vorwurf machen? Kaum! denn es ist ja ein hübscher Zug von Pietät. Nicht wahr? Und so schrittwechselte er denn ins herrliche liebe Blaue hinaus weiter. O wie blau war der Himmel, und wie schneeigweiß waren die Wolken. Wolken und Himmel immer wieder anzuschauen war für Tobold ein Glück. Deshalb reiste er ja so gern zu Fuß, weil der Fußgänger alles so ruhig und reich und frei betrachten kann, während der Eisenbahnfahrer nirgends stehenbleiben und anhalten kann als gerade exakt nur auf den Bahnstationen, wo meistens elegant befrackte Kellner fragen, ob ein Glas Bier gefällig sei. Tobold verzichtete gern auf einige acht Gläser Bier, wenn er nur frei sein konnte und auf seinen Beinen gehen durfte, denn seine eigenen Beine freuten ihn, und das Gehen machte ihm ein stilles Vergnügen. Ein Kind sagte ihm jetzt guten Tag, und Tobold sagte ihm auch guten Tag, und so ging er, und er dachte noch lang an das liebe kleine Kind, das ihn so schön angeschaut, ihn so reizend angelächelt, und ihm so freundlich guten Tag gesagt hatte.

DER SCHÄFER

Es liegt einer in der Sonne, nein, nicht ganz. Er liegt unter einem hohen Baum, die Beine und faulenzenden Füße an der Sonne und den Kopf, der ein träumerischer Kopf ist, im Schatten. Er ist ein Schäfer, der da halb in der Sonne und halb im Schatten liegt; seine Tiere weiden nicht fern von hier, er darf sie ruhig sich selber überlassen. So liegt er denn da und weiß nicht recht, an was er denken soll. Er darf an alles denken, und er braucht wieder an nichts zu denken. Bald denkt er an dies, bald an das, bald an jenes, bald wieder an etwas anderes. Die Gedanken kommen und gehen, tauchen vor dem Kopf auf und verschwinden wieder; sie sammeln sich und zerstreuen sich wieder, verbinden sich zu einem großen Ganzen und lösen sich wieder in kleine Teile auf. Der da liegt, hat Zeit zu denken, hat Zeit, gedankenlos und arbeitslos zu sein. Arbeit mag schön sein und nützlich, doch um wie viel, um wie viel schöner ist es, nichts zu tun, den Tag zu verträumen und zu verfaulenzen, wie er, der da schläft unter dem hohen Baum. Schläft er? O, von Zeit zu Zeit, bilden wir uns ein, fallen ihm vor Trunkenheit und Müdigkeit, vor lauter Daseinslust die Augen zu, die Sinne schwinden ihm, und er schlummert ein in die süße Bewußtlosigkeit. Schlafen ist schön, aber wie schön ist erst wieder das leise liebe Erwachen, und so schläft er denn bald ein und bald erwacht er wieder, und so verfließt und vergeht und verweht ihm, den Winden ähnlich, die über den grünen Plan wegstreichen, die Zauberin Zeit, vier Uhr, fünf Uhr, sechs und sieben Uhr, bis es allmählich Abend wird und goldenes angenehmes Dunkel vom Himmel zur Erde herabschwebt. Schäfer, Schläfer, der du die Zeit verträumst, bist du glücklich? Ja, ganz gewiß, du bist es, du bist glücklich. Finstere Gedanken kennst du nicht, willst du nicht kennen. Kommt dir je etwas Unholdes in den Sinn, so legst du dich auf die andere Seite, oder du greifst nach dem Instrument, das du stets bei dir hast, und machst Musik, und bald umgibt dich wieder sonnenhelle Heiterkeit. Nun, so lassen wir ihn denn liegen. Es braucht sich niemand um ihn zu bekümmern. Macht er sich doch auch selbst keinen Kummer.

DIE EINLADUNG

Ich habe dir ein himmlisch schönes Plätzchen zu zeigen, Himmlische. Der Ort liegt ganz im stillen, bescheidenen, grünen Wald verborgen, wie ein Gedanke in einem Gedanken. Es ist eine weiche, milde Schlucht, die von niemand besucht wird. Sie liegt in den Bäumen so warm begraben, o so süß versteckt, dort, bilde ich mir ein, möchte ich dich küssen, mit innigen, sanften, süßen und langen Küssen, mit Küssen, die alles Reden, selbst das schönste und beste, verbieten. Der Ort, so zart und so abgelegen, wie er ist, steht in keinem Reisebuch als Sehenswürdigkeit verzeichnet. Ein kleiner, durch dichtes Gebüsch sich windender Fußpfad führt zu der Schlucht, zu dem Wunderort, wo ich dir zeigen möchte, Wunderbare, wie ich dich liebe, wo ich dir zeigen möchte, Engel, wie ich dich vergöttere. Dort umschlingt und umhalst man sich wie von selber, und wie von selber berühren sich die Lippen. Du weißt noch nicht, wie ich küssen kann. So komm an den Ort, wo nichts ist als das liebliche Rauschen der hohen Bäume, dort wirst du es erfahren. Ich werde kein Wort reden, und auch du wirst kein Wort reden, wir werden beide schweigen, nur die Blätter werden leise flüstern, und der süße Sonnenschein wird durch das zierliche Geäste brechen. O wie still, wie still wird es sein, wenn wir uns küssen, wie schön wird es sein, wenn unsere Lippen liebesdurstig und -hungrig aneinanderhängen, wie süß wird es sein, wenn wir in der stillen, lieben Schlucht uns lieben. Wir wollen uns liebkosen und küssen in einem fort, bis der Abend kommt und mit ihm die silbern blitzenden Sterne und der Mond, der göttliche. Zu sagen werden wir uns nichts haben, denn es soll alles nur ein Kuß, ein unaufhörlicher, ununterbrochener, stunden-stundenlanger entzückender Kuß sein. Wer lieben will, will nicht mehr sprechen, denn wer sprechen will, will nicht mehr lieben. O komm an den heilig entrückten Ort der Tat, an den Ort der Ausübung, wo alles sich verliert in Erfüllung, und wo alles ertrinkt und erstirbt in Liebe. Die Vögel werden uns mit ihrem fröhlichen Gesang umzwitschern und in der Nacht wird eine himmlische Stille um uns sein. Was man Welt nennt, wird hinter uns liegen, und gefangen gehalten von dem Entzükken, werden wir beide Kinder der Erde sein und fühlen, was Leben heißt, empfinden, was Dasein heißt. Wer nicht liebt, hat kein Dasein, ist nicht da, ist gestorben. Wer Lust zu lieben hat, steht von den Toten auf, und nur wer liebt, ist lebendig.

DER NÄCHTLICHE AUFSTIEG

Alles war mir so seltsam, so, als hätte ich es nie gesehen und sähe es zum erstenmal im Leben. Ich fuhr mit der Eisenbahn durch ein Gebirge. Es war Abend, und die Sonne war so schön. Die Berge kamen mir so groß vor, so gewaltig, und sie waren es auch. Durch Höhe und Tiefe wird ein Land reich und groß, es gewinnt an Raum. Verschwenderisch mutete mich die Bergnatur an mit den hochaufragenden Felsgebilden und mit den hochaufschießenden schönen dunklen Wäldern. Ich sah die schmalen Wege sich um die Berge schlängeln, so anmutig, so poesiereich. Der Himmel war klar und hoch, und auf den Wegen gingen Männer und Frauen. An den Halden standen so schön, so still die Häuser. Ein Gedicht schien mir das Ganze, ein altes herrliches Gedicht, ewig neu durch lebendiges Fortdauern. Dann wurde es dunkler. Bald schimmerten die Sterne in die tiefe schwarze Schlucht hinab, und ein glänzend weißer Mond trat an den Himmel. Schneeweiß war die Straße, die durch die Schluchten lief. Eine tiefe Freude bemächtigte sich meiner. Ich war glücklich, daß ich in den Bergen war. Und die reine frische, kalte Luft. Wie herrlich war sie. Ich atmete sie mit Leidenschaft ein. So fuhr der Zug langsam weiter, und endlich stieg ich aus. Ich gab meine Sachen ab und schritt nun zu Fuß weiter, hinauf in die Berge. Es war so hell und zugleich so schwarz. Die Nacht war göttlich. Hohe Tannen ragten vor mir auf, Quellen hörte ich gurgeln und murmeln, das war eine so köstliche Melodie, ein so geheimnisvolles Sagen und Singen. Ich sang selber ein Lied in die Nacht hinein, während ich auf der hellen Straße immer höher stieg. Es kam ein Dorf, und dann ging es durch einen ganz finstern Wald. Ich stieß mit dem Fuß gegen Wurzeln und Steine, und da ich den geraden Weg verloren hatte, stieß ich oft auch den Wandererkopf an Bäume hart an. Ich mußte aber nur lachen darüber. O wie prächtig war dieser erste nächtliche Aufstieg. Alles so still. Es lag etwas Heiliges über allem. Der Anblick der schwarzen Tannen freute mich tief. Mitternacht war es, als ich oben im Hochtale vor dem kleinen dunklen Hause anlangte, im Fenster war Licht. Es wartete jemand auf mich. Wie ist das doch schön, in stiller rauschender Nacht in einer hochgelegenen Natureinöde anzulangen, zu Fuß, gleich einem wild daherfahrenden Handwerksgesellen, und zu wissen, daß man von jemand Liebem erwartet wird. Ich klopfte. Ein Hund fing an zu bellen, daß es weithin hallte. Ich hörte, daß jemand die Treppe eilig hinunter zu laufen kam. Die Tür wurde geöffnet. Jemand hielt mir die Lampe oder Laterne vor das Gesicht. Man erkannte mich, o das war schön, das war so schön – –

DIE LANDSCHAFT (I)

Alles war so schaurig. Nirgends ein Himmel, und die Erde war naß. Ich ging, und indem ich ging, legte ich mir die Frage vor, ob es nicht besser sei, mich umzudrehen und wieder heimzugehen. Aber ein unbestimmtes Etwas zog mich an, und ich verfolgte meinen Weg durch all die düstere Verhängtheit weiter. Ich fand an der unendlichen Trauer, die hier ringsum herrschte, Gefallen. Herz und Phantasie gingen mir auf in dem Nebel, in dem Grau. Es war alles so grau. Ich blieb stehen, gebannt vom Schönen in diesem Unschönen, bezaubert von den Hoffnungen inmitten dieser Hoffnungslosigkeiten. Es schien mir, als sei es mir fortan unmöglich, noch irgend etwas zu hoffen. Dann schien es mir wieder, als schlängle sich ein süßes, unsagbar reizendes Glück durch die trauervolle Landschaft, und ich glaubte Töne zu hören, aber es war alles still. Noch ein anderer Mensch schritt durch das Gehölz, durch all dieses schwermütige Schwarz. Seine vermummte Gestalt war noch um etwas schwärzer als das Schwarz der Landschaft. Wer war er, und was wollte er? Und nun tauchten bald noch andere schwarze Gestalten auf, aber keine der Gestalten kümmerte sich um die andere, jede schien genug mit sich selbst zu tun zu haben. Auch ich kümmerte mich nicht mehr, was diese Leute wollten und wohin sie gehen mochten in der Finsternis, sondern ich kümmerte mich um mich selbst und zog hinaus in die eigene Unklarheit hinein, die mich mit nassen, kalten Armen rasch umarmte und an sich riß. O es kam mir vor, als sei ich einst ein König gewesen und müsse nun als ein Bettler ziehen in die weite Welt, die da strotzt von Unkenntnis, die da strotzt von dicken und finsteren Gedanken- und Gefühlslosigkeiten; es kam mir vor, als sei es ewig nutzlos, gut zu sein, und ewig unmöglich, redliche Absichten zu tragen, und als sei alles töricht und als seien wir alle nur kleine Kinder, zum voraus den Torheiten und Unmöglichkeiten überliefert. Dann gleich nachher war wieder alles, alles gut, und ich ging mit unaussprechlich freudiger Seele weiter durch die schöne fromme Dunkelheit.

Der Morgentraum und der Abendtraum, das Licht und die Nacht; Mond, Sonne und Sterne. Das rosige Licht des Tages und das bleiche Licht der Nacht. Die Stunden und die Minuten; die Wochen und das ganze liebe Jahr. Vielmals schaute ich zum Mond empor wie zum heimlichen Freund meiner Seele. Die Sterne waren meine lieben Kameraden. Wenn in die blasse kalte Nebelwelt hinab die Sonne goldig schien, wie freute ich mich da. Die Natur war mein Garten, meine Leidenschaft, meine Liebste. Alles, was ich sah, war mein eigen, der Wald und das Feld, die Bäume und die Wege. Wenn ich in den Himmel sah, glich ich einem Prinzen. Aber das Schönste war der Abend. Abende waren mir Märchen und die Nacht mit ihrer himmlischen Finsternis war für mich ein Zauberschloß voll von süßen und undurchdringlichen Geheimnissen. Oft durchdrang die Nacht der seelenvolle Ton einer Handharfe, von irgendeinem armen Manne gespielt. Da konnte ich lauschen, lauschen. Da war alles gut, gerecht und schön, und die Welt war voll unaussprechlicher Herrlichkeit und Heiterkeit. Aber ich war auch ohne Musik heiter. Ich fühlte mich umgarnt von den Stunden. Ich redete mit ihnen, wie mit liebevollen Wesen, und bildete mir ein, daß auch sie mit mir sprächen, ich schaute sie an, wie wenn sie ein Gesicht gehabt hätten, und hatte das Gefühl, als ob auch sie mich still betrachteten, wie mit einer seltsamen Art von freundlichen Augen. Oft kam ich mir wie im Meer ertrunken vor, so still und geräuschlos und lautlos lebte ich dahin. Ich pflegte einen vertraulichen Umgang mit allem, was kein Mensch merkt. Daran, an was zu denken kein Mensch sich Mühe gibt, dachte ich tagelang. Doch war es ein süßes Denken, und nur selten besuchte mich die Trauer. Mitunter sprang es wie ein unsichtbarer übermütiger Tänzer zu mir in die abgelegene Stube hinein und reizte mich zu einem Lachen. Ich tat niemand weh, und auch mir tat niemand weh. Ich war so hübsch, so schön beiseit.

DAS LIEBESPAAR

Sie und er gingen zusammen spazieren. Allerlei reizende Gedanken kamen ihnen in den Kopf, doch jedes behielt hübsch für sich, was es dachte. Der Tag war schön, wie ein Kind, das in der Wiege oder im Arm seiner Mutter liegt und lächelt. Die Welt war zusammengesetzt aus lauter Hellgrün und Hellblau und Hellgelb. Grün waren die Wiesen, blau war der Himmel, und gelb war das Kornfeld. Blau war wieder der Fluß, der sich in der Ferne, zu des wohligen Hügels Füßen, durch die lichte, süße, warme Gegend schlängelte, welche, wie wir bereits angedeutet haben, einem Kinderlächeln an Schönheit und Lieblichkeit glich. Die beiden, die durch die Landschaft gingen, schwiegen. Er hatte ihr etwas zu sagen, und sie, sie fühlte es. Sie ging neben ihm her in der Erwartung dessen, was er ihr sagen sollte. Längst schon hatte er ihr sagen wollen, was er jetzt willens war zu sagen, und längst schon hatte sie gehofft, er werde ihr endlich einmal sagen, was ihm, wie sie sah, auf den Lippen schwebte. Eine Liebeserklärung, eine stotternde, lag ihm auf den Lippen, und sie sah das. Seine Augen und der Ton seiner Stimme hatten ihr längst gestanden, daß er sie liebe. Sie fühlte, daß sie reizend sei für ihn, und indem sie dies fühlte, umstrickte sie ihn immer noch mehr mit ihren Reizen, ohne es fast zu wollen. Gibst du einem Mädchen zu verstehen, daß sie schön sei, so ist sie dadurch um so viel schöner, als du Verständnis zeigst. Nie ist eine Frau so reizend als dann, wenn sie sieht, daß sie reizt. Also wurde denn die, die hier ging, nur immer reizender, je weniger sie mehr zu fürchten brauchte, es gebreche ihr an der Kunst und an der Kraft, ihn, der dicht neben ihr herging, zu fesseln. Sie betrachtete ihn im geheimen bereits als ihren Gefangenen, und sie fühlte, daß sie für ihn der Zaubergarten sei voll von verführerischen Düften, daß sie für ihn das Netz sei, in dessen Wunderfäden er sich verstrickt hatte. Sie war sein Meer, in dessen Fluten er ertrunken war – sie war das Gesetz, dem er gehorchte. Er legte jetzt, statt irgend etwas zu sagen, seinen Arm um ihren schlanken Leib, und damit war bereits alles getan, um die beiden in gleich hohem Maß oder Unmaß zu beglücken. Damit war alles gesagt, was er ihr schon so lange hatte sagen wollen und hatte sagen sollen, und alles gestanden, was er Süßes um ihretwillen fühlte. Sie kamen nun in einen kleinen, aber wunderbaren Wald hinein, der ihnen wie ein Liebesort erschien. Es war so still, so grün, so dunkel im Wald wie in einer uralten Kirche. Der Waldboden glich einem grünen Teppich, einem grünen Bett. Kein Fürstensaal in alter und neuer Welt war je so schön wie dieser liebe grüne Wald, der sie wie mit weichen Märchenarmen umfing. Hier nun fing ein sanftes, überinniges und über-übersüßes Küssen an, als schnäbelten und liebkosten sich zwei Waldvögelchen in der Weltabgeschiedenheit, verloren und verborgen in Verborgenheiten und Verlorenheiten. Bisher Stümper in der Liebe, war er mit einmal ein Meister geworden. Er erdrückte und erstickte sein

Mädchen nicht mit Küssen; er setzte nur Lippe an Lippe und beharrte so in einem langen, langen, himmlischen Brennen, die Hand ganz zart an ihr Haar gedrückt. Es war nichts mehr da als der Wald und der Kuß, als die Stämme im Wald und die beiden glücklichen Menschen, als die ununterbrochene Stille und der ununterbrochene süße, herrliche Kuß.

DER MOND

Gestern war eine wunderbar schöne Mondnacht, so leise, so mild, so still, als sei die ganze Welt in ein dunkeles süßes Entzücken gesunken. Ich ging durch die Gassen und Gäßchen. Viele Menschen waren auf den Beinen, als habe der Mondeszauber die Leute aus den Häusern ins Freie hinausgezogen. Die Straßen ganz glatt und weich und hell im Mondlicht und alles so still und so freundlich. Eine verhaltene Freude strahlte durch alle Straßen, überdies war gerade, in dieser schönen Nacht, Weihnachtsmarkt und darum viel Leben in der Stadt. Ich ging durch ein enges Gartengäßchen, das sich den Berg entlang schmiegt. Dort war der Zauber überwältigend. Es war wie ein Märchen, der felsige Boden klang unter den Tritten und Schritten. Langsam ging ich weiter. Bei jedem Schritt, den ich tat, blieb ich stehen, drehte mich um und schaute zum göttlich schönen sanften Mond hinauf und zu den Tannen und uralten Stadttürmen. – Zwischen den aufwärts gebogenen, ärmelartigen Tannenästen zitterten und schimmerten die Sterne, Liebesblicken ähnlich, hindurch. Bald war ich oben am Berge, der sich über der traulichen Stadt erhebt wie ein alter Riese. Eine in den weißen Felsen gehauene Treppe führte mich hinauf, und oben angekommen, schaute ich hinunter in die weiche, schleierhafte, milde Tiefe, die einer Traumerscheinung glich. Ich ging noch weiter hinauf, durch den Wald, der ganz weiß war. Alles war weiß vom Mond, so bleich, so süß. Ich dachte an Vater und Mutter, und ein unnennbar zartes, weiblich-banges, zaghaftes Empfinden beschlich mich. Ich wünschte, daß ich ewig so in der Mondnacht stehen und alten lieben Gedanken mich überlassen könne, ewig so bleiben und in die Vergangenheit zurückdenken könne. Der dunkelhelle Himmel mit seinen weißlichwolligen Wolken erschien mir wie eine schöne, liebe, üppige Wiese. Der Mond glich dem träumerischen Schäfer, das weiche Gewölk den Schäfchen, und die Sterne, die ab und zu daraus hervorblinzelten, waren wie die Blumen. Aus der Stadt herauf drang Musik und Stimmenlärm. Unsagbar feierlich war mir zumute. Es kam mir vor, als sei die ganze weitausgedehnte stille Nacht ein körperartiges Wesen, und der Mond sei seine Seele. Lange blieb ich noch stehen.

EIN NACHMITTAG

Ich ging den sonnigen Hang des langgestreckten, hohen Berges entlang auf einem hübschen Weg unter niederhängenden Tannenzweigen, an vereinzelten Bauernhöfen vorbei, bis ich zu einem Schlößchen kam, in welchem ehedem ein adliger Sonderling wohnte. Oftmals schaute ich zu den hohen weißen Felsen hinauf. Der Tag war so mild, es war Ende Dezember. Eine feine, sozusagen sorgsame, zarte Kälte vereinigte sich mit der nachmittäglichen Sonnenwärme. In der Luft lag es wie etwas

Süßes, die ganze waldige Gegend schien wie aus sich selber heraus schön und wie für sich selber still-glücklich. Ich kam in das weite, breite, imposante und behagliche Dorf. Die Häuser sahen aus, wie wenn sie stolz auf sich seien, so alt und so schön waren sie. Frauen und spielende Kinder begegneten mir. Da in dem Dorf die Uhrmacherkunst heimisch ist, so traf ich auch einen Uhrmacher an. Ich stieg zu der alten, zierlich-ehrwürdigen Kirche hinauf, die auf dicht mit dunkelgrünem Buchs besetzter kühner Anhöhe, hart über dem Dorfe steht. Sinnend schaute ich mir die alten Gräber mit ihren Inschriften an. Die Kirchuhr zeigte halb fünf, es fing an, Abend zu werden. Da beeilte ich mich, den Berg hinaufzusteigen. Oben auf der winterlichen Bergweide lag Schnee, der wunderbar glänzte, die Schneefläche so silbern, und unten in der Tiefe so abendsonnig-dunkel das weite, graugrüne Land, und in der Ferne das göttlich-schöne, kühne, zarte Hochgebirge. Es war mir, als wolle meine Seele in die Seele der Landschaft, die ich da so groß vor mir sah, hineintauchen. Ein Abendrot, wie ich es so schön und so reich noch nie glaubte gesehen zu haben, kam nun noch über die Welt und machte sie zur bezaubernden Rätselerscheinung. Die Welt war ein Gedicht, und der Abend war ein Traum. Der kalte, glänzendweiße Silberschnee und das glühende Rot befreundeten sich miteinander, es war, als liebe der Abendhimmel den bleichen Freund, den Schnee, und sinke in ein süßes, phantastisches und überglückliches Erröten darüber. Schnee und Abendrot schienen sich getraut zu haben, und es war, als küßten und liebkosten sie einander. Herrlich standen auf der Winterweide die großen, kahlen Buchen, einst so grün, so grün im vergangenen heißen Sommer. Ich kam ins Dorf, alles war verschneit, es war schon dunkel geworden, eine Bauernfrau stand in der Dorfstraße. Ich ging ins einsame Tal hinunter, es kam eine Kirche und ein zweites Dorf. Es war Nacht, und ein prächtiger, wundersamer Sternenhimmel schimmerte auf die dunkle, liebe, stille Welt herab.

DIE KLEINE SCHNEELANDSCHAFT

Gestern haben wir Schnee bekommen, und heute in der Morgenfrühe ging ich hinaus zur sorgsamen und ruhigen Besichtigung der Schneelandschaft. Niedlich, wie ein artiges Kätzchen, das sich geputzt hat, liegt jetzt das reiche, liebliche Land da. Jedes Kind, sollte ich meinen, kann die Schönheit einer Schneelandschaft im Herzen verstehen, das feine saubere Weiß ist so leicht verständlich, ist so kindlich. Etwas Engelhaftes liegt jetzt über der Erde, und eine süße, reizvolle Unschuld liegt weißlich und grünlich ausgebreitet da. Ich freute mich über meine Aufgabe, über das Amt, über die angenehme Pflicht, die mir vorschrieb, sorgfältig und aufmerksam Notiz vom Schnee und seinen Reizen zu nehmen. Wunderbare Feinheit und Schönheit lag darin, daß das Gras so artig und mit so zarten Spitzen aus der Schneefläche herausschaute. Ich ging wieder zu meinem alten unverwüstlichen, gütigen Zauberer, zum Wald, und zum Wald wie im Traum wieder hinaus, und da lag es da, das Kinderland in seiner Kinderfarbe. Die Bäumchen und Bäume schienen einen graziösen Tanz auf dem weißen Felde aufzuführen, und die Häuser hatten weiße Mützen, Kappen, Kopfbedekkungen oder Dächer. Es sah so appetitlich, so lockig, so lustig und so lieb aus, ganz wie das zarte, süße Kunstwerk eines geschickten Zuckerbäckers. Noch ein Morgenlicht leuchtete in einem Fenster, und ein anmutig Haus stand in einiger Entfernung, das hatte Fenster wie Augen, welche fröhlich und listig blinzelten. Das Haus war wie ein Gesicht, und die fünf grünen Fenster waren wie seine Augen. Geh doch hin, lieber Leser, noch steht das zauberische Landbild da, mit Schnee auf seinem lieblichen Antlitz. Man darf nur nie zu träge sein und sich vor ein paar hundert Schritten nicht fürchten, zeitig aus dem Faulenzerbett aufstehen, sich auf die Glieder stellen und nur ein wenig hinauswandern, so sieht sich das Auge satt, und das freiheitsbedürftige Herz kann aufatmen. Geh hin zu der artigen Schneelandschaft, welche dich wie mit einem schönen freundschaftlichen Munde anlächelt. Lächle auch du sie an und grüße sie von mir.

DAS MÄDCHEN (I)

Vor einigen Tagen machte ich in einer anrüchigen Kneipe die Bekanntschaft eines kühnen Professors der schönen Künste, der mich huldvoll einlud, ihn in seiner Schaffenswerkstätte zu besuchen, um die fertigen und werdenden Kunstwerke zu besichtigen. Doch was will das bedeuten im Vergleich mit dem Schulkind, das ich vor noch nicht ganz einer Stunde sah, als ich vom leisen, milden sauberen Morgenspaziergang behaglich heimkehrte. Die süße Kleine, sie führte an ihrer Hand, gleich einer überzarten und überjungen Mutter, eine noch Kleinere, die wohl ihr Schwesterchen war. Göttlich mutete mich das lebendige, unschuldige, liebe Menschenbildnis an, und ich wünschte allsogleich, daß ich doch ein tapferer und meisterlicher

Maler sei, damit ich das reizende Mädchen abmalen könnte, frisch und wonnig nach der Natur. Still und unauffällig, damit ihr meine Bewunderung und meine Rührung verborgen bleibe, und damit sie ja nichts merke von dem Entzücken, in welches ihre Erscheinung mich versetzte, ging ich hinter ihr her. Sie glich dem Wunder, das darum so wunderbar ist, weil es sich selbst noch nie gelernt hat, hochzuschätzen, und weil es lächelt in aller gütigen und kindlichen Bescheidenheit. Zwei längliche zarte Zöpfchen hingen der Holden über Nacken und Rükken, und an jeden lieben, lustigen Zopf war ein blaues Band zierlich gebunden. Himmlisch weich ging sie dahin, und einmal drehte sie das Köpfchen um, und da war es mir, als trete die Sonne aus dem grauen kalten Gewölk hervor, um die Erde mit ihren süßen Strahlen zu beglükken, so freundlich war das runde liebe Gesicht der kleinen Schönen. – Ihr Gang war wie eine herzumstrickende, jugendlich-fröhliche Melodie. Mozartische Melodien können nicht schöner und frischer tönen. Das Allersüßeste und -lieblichste war, wie von ihren Kinderhöschen der schneeweiße Rand ein ganz klein wenig zum Vorschein trat. O, solch ein Kind macht dich, wenn du es siehst, zum edleren, willigeren, freundlicheren und besseren Menschen; du lernst wieder Gott für das segenüberschüttete, bilderreiche Dasein danken; du bist wieder so recht aus dem entzückten Herzen froh, darüber, daß du Mensch bist unter Menschen. Eine Straßenecke kam, da bog ich links ab, um nach Hause zu gehen.

DAS EISENBAHN-ABENTEUER

Einmal machte ich eine Eisenbahnfahrt, wobei ich ganz allein in einem Wagenabteil saß wie der gedankenreiche Eremit in seiner schweigsamen, weltabgelegenen Klause. Auf irgendeiner Station hielt der Zug an, die Türe wurde mit beamtenhafter Schroffheit aufgerissen, und zu mir hinein in das sonderbare, auf Rädern gestellte Zimmer stieg eine Frau. Es war mir nicht anders, als wenn der Sonnenschein ins nächtlich-schwärzliche Kupee einstiege, so hell mutete mich die liebe frauliche Erscheinung an, die wie auf Besuch zu mir kam. Freundlich sagte sie guten Abend. Wer als ich war glücklicher darüber? Der Zug setzte sich alsbald wieder in Bewegung, und hinaus in die Nacht und ins unbekannte Land wurde die Kammer getragen, in welcher nun zwei Personen saßen, die sich gegenseitig freundlich anschauten. Ein Lächeln ergab ein Wort, und indes die Räder fleißig fort und fortrasselten, hatte ich wie ein Schelm und Dieb die passende Gelegenheit wahrgenommen, saß schon an ihrer Seite und legte den Arm um ihre reizende Figur. Emsig arbeiteten die Räder, und Gegenden, die ich nicht kannte, flogen draußen in der stillen Mitternacht an uns beiden glücklichen Leuten vorüber. Emsig arbeitete ich mit meinen Lippen auf den ihrigen, die köstlich waren, wie Lippen eines Kindes. Ein Kuß lockte den andern hervor, ein Kuß folgte auf den andern. Ich ließ mir bei dem süßen Geschäft so recht Zeit, und da wurde ich zum Künstler im Küssen, zum Künstler in der Liebkosung. O wie die Liebe, die Süße lächelte mit dem schönen Mund und mit den schönen dunklen Augen, welche, indem sie in die meinigen schauten, mich küßten. Paradieseslüsternheit lag auf ihren

Lippen, und Paradieseslust glänzte ihr aus den Augen. Ich unterdessen hatte es so recht schön gelernt, wie man es anstellen muß, um dem Kuß den höchsten Reiz abzugewinnen und ihm die tiefste Wonne mitzugeben. Unter unserem lusterfüllten Liebesgemach rasselten immerfort die Räder, und der Zug sauste durch die Länder, und wir zwei hielten uns umschlungen wie die Seligen in den überirdischen Gefilden, Wange an Wange gedrückt und Körper an Körper, als seien wir vorher zwei verschiedene Gedanken gewesen, doch jetzt nur noch ein einziger. Wie beglückte es mich, daß sich das süße Geschöpf durch das, was ich tat, glücklich fühlte. Ihren wonnigen Liebesdurst zu stillen machte mich zum Glücklichsten der Sterblichen, machte mich zum Gott. Doch jetzt blieb der Eisenbahnzug wieder stehen, die reizendste der Frauen stieg aus, während ich weiterfahren mußte.

DIE STADT (I)

Es war an einem sonnigen Wintertag, als der Reisende mit der Eisenbahn in der Stadt anlangte. Eine einzige zusammenhängende Freundlichkeit war die ganze Welt. Die Häuser waren so hell, und der Himmel war so blau. Zwar war das Essen im Bahnhofsrestaurant herzlich schlecht mit hartem Schafsbraten und lieblosem Gemüse. Aber das Herz des Reisenden war mit einer eigentümlichen Freude erfüllt. Er konnte es sich selber nicht erklären. Die Bahnhofshalle war so groß, so licht, der arme alte Dienstmann, der ihm den Koffer trug, war so dienstfertig mit seinen alten Gliedmaßen und so artig mit seinem alten zerriebenen Gesicht. Alles war schön, alles,

alles. Selbst das Geldwechseln am Schalter des Wechselbureaus hatte einen eigenen undefinierbaren Zauber. Der Reisende mußte nur immer über alle die wehmütig-warmen Erscheinungen lächeln, und weil er alles, was er sah, schön fand, fühlte er sich auch wieder von allem angelächelt. Er hatte sein Mittagessen verzehrt, seinen schwarzen Kaffee mit Kirschwasser ausgetrunken und ging jetzt mit eleganten, leichten, scherzenden Schritten, so recht reisendenmäßig, in die wundervolle uralte Stadt hinein, die da blendete im gelblich-hellen Mittagssonnenlicht. Menschen jeglichen Schlages, Mädchen, Knaben und erwachsene Leute gingen eilig an dem Gemächlichen und Vergnüglichen vorüber. Der Reisende konnte sich so recht Zeit nehmen. Die Leute aber mußten an ihre täglichen Arbeitsplätze eilen, daß es nur so an ihm vorüberglitt, wie deutliche und doch wieder undeutliche und unverständliche Geistererscheinungen. Wie kam dem schauenden und denkenden Fremdling der Anblick des täglichen Lebens so rätselhaft und fremdartig vor. Da kam er über eine hohe, breite, freie Brücke, unter welcher ein großer blauer Strom herrlich-tiefsinnig vorüberfloß. Er stand still, es überwältigte ihn. Zu beiden Seiten des Stromes war die alte Stadt aufgebaut, graziös und kühn. Leichten, milden Schwunges ragten die Dächer in die helle heitere Luft. Es glich einer romantischen Musik, einem unvergänglichen, reizenden Gedicht. Er ging langsamen, sorgfältigen Schrittes weiter. Mit jedem neuen Schritt ward er aufmerksam auf eine neue Schönheit. Alles kam ihm wie altbekannt vor, und doch war ihm alles neu. Alles überraschte ihn, und indem es das tat, beglückte es ihn. Auf hoher Plattform stand ein uralter wunderbarer Dom, der mit seinem dunkelroten Stein in der blauen Luft stand wie ein Held aus undenklich alten Zeiten. In der Sonne, auf den Fensterbänken lagen wohlig ausgestreckt die Katzen, und alte Mütterchen schauten zu den Fenstern hinaus, als seien die alten schönen Zeiten wieder lebendig geworden. O, es war so schön für den Reisenden, daß er in der gassenreichen, halbdunklen, warmen Stadt so angenehm und leicht umherspazieren konnte. Burgen und Kirchen und vornehme Patrizierhäuser wechselten mit dem Marktplatz und mit dem Rathaus ab. Mit einmal stand der Reisende wieder im Freien, dann stand er wieder in einer stillen, feinen Vorstadtstraße, gelblich angehaucht vom süßen, lieben Winterlichte, dann schaute er an einem Wohnhaus hinauf, dann ging er wieder, dann fragte er einen Knaben nach dem Weg. Zuletzt stand er auf einer kleinen anmutigen, von einer Mauer eingefaßten, luftigen Anhöhe, und von hier aus konnte er die ganze Stadt so recht überblicken und aus dem befriedigten Herzen grüßen.

DAS VEILCHEN

Es war ein dunkler, warmer Märzabend, als ich durch das reizende, gartenreiche Villenviertel ging. Vielerlei Menschenaugen hatten mich schon gestreift. Es war mir, als schauten die Augen mich tiefer und ernster an als sonst, und auch ich schaute den vorübergehenden Menschen ernster und länger in die Augen. Vielleicht ist es der beginnende Frühling mit der wohllüstigen warmen Luft, der in die Augen einen höheren Glanz legt und in die Menschenseelen einen alten und neuen Zauber. Frauen nehmen sich in der Frühlings- und Vorfrühlingsluft mit den weichen Brüsten, die sie tragen, und von denen sie gehoben und getragen werden, wunderbar aus. Die Gartenstraße war schwärzlich, aber sehr sauber und weich. Es kam mir vor, und ich wollte mir einbilden, ich gehe auf einem weichen, kostbaren Teppich. Voll Melodien schien die Atmosphäre. Aus der dunklen geheimnisvollen Gartenerde streckten schon die ersten Blumen ihre blauen und gelben und roten Köpfchen schüchtern hervor. Es duftete, und ich wußte nicht recht nach was. Es schwebte ein stilles, angenehmes Fragen durch die süße, dunkle, weiche Luft. Ich ging so, und indem ich ging, schmeichelte sich ein zartes unbestimmtes Glücksgefühl in mein Herz hinein. Mir war zumute, als gehe ich durch einen herrlichen, lieben und uralten Park, da kam eine schöne, junge, zarte Frau auf mich zu, violett gekleidet. Anmutig war ihr Gang und edel ihre Haltung, und wie sie näher kam, schaute sie mich mit rehartig-braunen Augen seltsam scheu an. Auch ich schaute sie an, und als sie weiter gegangen war, drehte ich mich nach ihr um, denn ich konnte der Lust und dem hinreißenden Verlangen, sie noch einmal, wenn auch nur im Rücken, zu sehen, nicht widerstehen. Wie eine Phantasieerscheinung glitt die reizende Gestalt mehr und mehr in die Ferne. Ein Weh durchschnitt mir die Seele. «Warum muß sie davongehen?» sagte ich mir. Ich schaute ihr nach, bis sie im zunehmenden Abenddunkel verschwand und wie ein süßer, übersüßer Duft verduftete. Da träumte ich vor mich hin, es sei mir ein großes, frauenförmiges Veilchen begegnet mit braunen Augen, und das Veilchen sei nun verschwunden. Die Laternen indessen waren schon angezündet und strahlten rötlich-gelb in den blassen Abend. Ich ging in mein Zimmer, zündete die Lampe an, setzte mich an meinen altertümlichen Schreibtisch und versank in Gedanken.

DIE KAPELLE

In der Großstadt, mitten in dem unabsehbaren Meer von gleichförmigen Häusern findet sich in einem finsteren Hof eine Art von Kapelle, in welcher allerlei Leute aus den niederen Ständen zum freundlichen Gottesdienst zusammenkommen. Auch ich war einmal in der Versammlung. Ein drolliges, munteres Dienstmädchen, dem ich gut war, hatte mich eingeladen, mitzukommen, und ich bereute nicht, daß ich mit ihr gegangen war. Ehrbare Bürger, die mehr an die Hoheit des Geldes als an die Hoheit und Herrlichkeit Gottes glauben, hängen den armen, schlichten Leuten, die in die bescheidenen Versammlungen gehen, gern diesen oder jenen Spottnamen an, und versuchen lächerlich zu machen, was den gläubigen und unschuldigen Seelen heilig ist. Auch ich also ging eines Abends, da schon in den dunklen Straßen die Lichter brannten, zu den Kindern in die Versammlung. Ich will gern die Leute, die noch an einen Gott glauben, Kinder nennen. Kinder sind mitunter geistreicher als die Erwachsenen, und die Unklugen sind mitunter klüger als die Klugen. Gewiß! es kam auch mich ein Anflug spöttischen Lächelns an, als ich eintrat in das kindlich-fromme Lokal, dessen Wände weiß waren wie die zierlose, schmucklose Unschuld selber. Ich setzte mich jedoch still nieder, und alsbald fingen die Leute, Männer wie Frauen, an zu singen wie aus einem einzigen frohmütigen Munde zum Lobe Gottes. Engel schienen zu singen, nicht schlichte, schlechte Menschen. Von dem süßen jungen, blühenden Glauben getragen, hallte der Gesang, gleich einem feinen Duft, der die Eigenschaft hat, zu tönen, hin und her und verhallte an den Wänden. Ich schaute mit eigentümlichen Empfindungen, ganz bezaubert von den Tönen, zur Decke des Saales hinauf, welche blau war, wie ein milder träumerischer Himmel. Weiße Sterne waren in den hellblauen Grund hineingezeichnet, und die Sterne schienen zu lächeln vom göttlichen Himmel hinab auf die jubilierende Versammlung. Eine heitere Kraft lag in dem Gesang, und der Gesang selber war ein sonderbares, leichtes, liebes Wesen, welches auf geistergleiche Weise lebte. Die, die sangen, schienen sich zu freuen über den Gesang, doch schienen sie nicht zu ahnen, wie die Töne sich von ihnen sonderten und ihr eigenes Leben in der Luft des Saales lebten. Es klang, als werde es geboren und lebe eine kurze Weile und müsse alsdann sterben. Aber es fing von neuem wieder an zu tönen und sich am sterblichschönen Dasein zu erfreuen. Ruhig und liebevoll glitzerten und schimmerten die goldenhellen Kerzenlichter hinab in das Singen, das einem Himmel glich an Keuschheit und Schönheit, und als sie mit dem Gesang innehielten, mußten sie lächeln, die lieben guten Leute, wie kleine Kinder, die ihre Aufgabe vollendet haben und sich nun darüber freuen. Nach einer Weile war der Gottesdienst beendet, und ebenso still, wie sie die Kapelle aufgesucht hatten, verließen die Leute sie wieder.

DER TÄNZER

Ich sah einst im Theater einen Tänzer, der mir und vielen anderen Leuten, die ihn ebenfalls sahen, einen tiefen Eindruck machte. Er verspottete den Boden mit seinen Beinen, so wenig Schwere kannte er, und so leicht schritt er dahin. Eine graziöse Musik spielte zu seinem Tanz, und wir alle, die im Theater saßen, dachten darüber nach, was wohl schöner und süßer könne genannt werden, die leichtfertigen lieblichen Töne oder das Spiel von des lieben, schönen Tänzers Beinen. Er hüpfte daher wie ein artiges, sprungfertiges, wohlerzogenes Hündchen, welches, indem es übermütig umherspringt, Rührung und Sympathie erweckt. Gleich dem Wiesel im Walde lief er über die Bühne, und wie der ausgelassene Wind tauchte er auf und verschwand er. – Solcherlei Lustigkeit schien keiner von allen denen, die im Theater saßen, je gesehen oder für möglich gehalten zu haben. Der Tanz wirkte wie ein Märchen aus unschuldigen, alten Zeiten, wo die Menschen, mit Kraft und Gesundheit ausgestattet, Kinder waren, die miteinander in königlicher Freiheit spielten. Der Tänzer selber wirkte wie ein Wunderkind aus wunderbaren Sphären. Wie ein Engel flog er durch die Luft, die er mit seiner Schönheit zu versilbern, zu vergolden und zu verherrlichen schien. Es war, als liebe die Luft ihren Liebling, den göttlichen Tänzer. Wenn er aus der Luft niederschwebte, so war es weniger ein Fallen als ein Fliegen, ähnlich wie ein großer Vogel fliegt, der nicht fallen kann, und wenn er den Boden wieder mit seinen leichten Füßen berührte, so setzte er auch sogleich wieder zu neuen kühnen Schritten und Sprüngen an, als sei es ihm unmöglich, je mit Tanzen und Schweben aufzuhören, als wolle, als solle und als müsse er unaufhörlich weitertanzen. Indem er tanzte, machte er den schönsten Eindruck, den ein junger Tänzer zu machen vermag, nämlich den, daß er glücklich sei im Tanze. Er war selig durch die Ausübung seines Berufes. Hier machte einmal die gewohnte tägliche Arbeit einen Menschen selig – aber es war ja nicht Arbeit, oder aber er bewältigte sie spielend, gleich, als scherze und tändele er mit den Schwierigkeiten, und so, als küsse er die Hindernisse, derart, daß sie ihn liebgewinnen und ihn wieder küssen mußten. Einem heiteren, über und über in Anmut getauchten Königssohne aus dem goldenen Zeitalter glich er, und alle Sorgen und Bekümmernisse, alle unschönen Gedanken schwanden denen dahin, die ihn anschauten. Ihn anschauen hieß ihn gleich auch schon lieben und verehren und bewundern. Ihn seine Kunst ausüben sehen, hieß für ihn schwärmen. Wer ihn gesehen hatte, träumte und phantasierte noch lang nachher von ihm.

DIE SONATE

Angenehme Wehmut – Schmerz, der den Stolz nicht kränkt. Freude über solcherlei Schmerz. Ein leichter, gefälliger Gram. Selige Erinnerungen. Die Erinnerungen üppig wie eine blühende Wiese. Leises, wehmutreiches Andenken. Jetzt eine Schar von Vorwürfen, die er sich selber macht. Nur die Vorwürfe, die man sich selber macht, sind schöne. Die andern soll man und will man vergessen. Man hat zuletzt niemandem als nur sich selbst Vorwürfe zu machen. O, daß doch alle, alle Menschen nur allein sich selbst und sonst niemandem etwas vorwerfen wollten. Reue? Ja, Reue! Reue ist süß und tönereich. Die Reue ist ein Weltreich, unendlich und unermeßlich an Ausdehnung. Aber die Reue ist etwas Zartes. Kaum vernimmt man sie. Freude über die Reue. Ein edles Herz freut sich über eine edle Empfindung. Dann will ich auch etwas von Hoffnungslosigkeit dabei haben. Engel sind ohne Hoffnung, haben Hoffnung nicht nötig. Hofft ein Engel? Nein. Engel sind über alle, alle Hoffnungen erhaben. Etwas Engelgleiches soll in der Sonate tönen, die ich im Sinne habe. Doch soll auch Hoffnung wieder dazwischen klingen, wie wenn jemand ganz, ganz arm und verlassen ist und dennoch immer, immer wieder hofft, gleichsam wie aus lieber, alter kindlicher Gewohnheit. Jetzt wieder Freude, und zwar Freude über jemandes andern Freude. Reine Kindlichkeit, reines glückliches Mitempfinden. Selig sein im Gedanken, daß jemand anders es ist. Ist nicht die Musik selber so? Ist nicht die Musik selber selig, darüber, daß sie Herrlichkeit, Heiterkeit und Seligkeit verbreitet? Dann und so kommt eine unsagbare perlende Verzagtheit. Stilles, süßes Weinen. Auflösung in eine göttlich schöne Schwäche. Ein Weinen über sich selber und über alles, was da ist und je da war. Nicht ein Entsetzen, nicht ein Grauen. Die Sonate hier verbietet derlei Heftigkeiten. Sanft wie ein leicht betrübter blauer Himmel will und soll sie tönen. Ihre Farbe ist das matte Edelweiß der Perle, und ihr Ton ist das Entschuldigen. Es gibt keine Schuld, weil es zu viel gibt, es gibt keinen Schmerz, weil er zu groß, zu gewaltig ist für das Verständnis. Weil es zu viel Enttäuschungen gibt, gibt es keine, soll es mit ein – einmal keine geben, keine mehr, keine mehr geben. Ah, dergleichen und ähnliches soll sich in der Sonate, von welcher ich träume, widerspiegeln, und ein junges schönes Mädchen, welches sich mit Leichtigkeit einzubilden vermag, sie sei ein Engel, soll sie spielen. Ein Engel muß die engelgleiche Sonate spielen, und es muß herniedertönen aus dem Himmel des Spieles wie himmlischer Trost, wie himmelreichähnliches Behagen, denn eine reizende Behaglichkeit, eine tiefsinnige Vergnügtheit denke ich dem Werke einzugeben. Schmerz und Freude sind wie Freund und Freundin, die sich umhalsen, umarmen und küssen. Lust und Weh sind wie Bruder und Schwester, die sich geschwisterlich lieben. Das liebliche sonnige Entzücken ist die Braut, und der Kummer, der sich ihr ins Herz schleicht, ist der Bräutigam. Genugtuung und Enttäuschung sind unzertrennlich.

DAS GEBIRGE (I)

Ich mußte mich an die Stille erst gewöhnen, auch an die rauhe Bergluft. Alles atmete Einsamkeit und Reinheit, alles war Ruhe, Stille und Größe. Im Anfang meines Aufenthaltes schneite es noch. Es schneite noch manchmal auf die ausgedehnten Weiden und auf die vielen schönen Tannen herab, aber nach und nach wurde es wärmer. Auch in die Berge kam der süße Knabe Frühling und beglückte das Land mit seinem schönen, glücklichen Lächeln. Die blauen und gelben Blumen sprossen aus der Erde hervor, und der Felsen bekam ein milderes, weißeres, weicheres Aussehen. Des Nachts hörte ich in all der wundersamen tiefen Stille nur das ruhige, leise Plätschern eines Brunnens. Einsam stand im Schwarz der Nacht als noch schwärzerer Fleck das Wirtshaus da. Ein einzelnes Fenster etwa war erleuchtet. Ich las viel. Bei schlechtem Wetter saß ich in der kleinen, heimeligen, reinlichen Stube und beschäftigte mich mit dem Ordnen und Zerlegen von allerlei Gedanken. Ich war ein rechter Müßiggänger. Eine alte ruinenhafte Klosterkirche war in der Nähe. Doch ich schenkte dem Gebäude längst schon keine Aufmerksamkeit mehr. Ich war in der Gegend kein Fremder mehr. Mich lockte es, immer wieder zu den Tannen, diesen Königinnen, zu gehen und bewundernd an ihnen emporzuschauen. Ich staunte immer wieder von neuem über ihre Zierlichkeit, Pracht und Schönheit, über die Hoheit, deren Abbild sie sind, und über den Edelsinn, den sie verkörpern. Wohin ich schaute, überall waren Tannen; in der Ferne und in der Nähe, unten in der Schlucht und oben auf dem Rücken der Berge. Die Berge wurden immer grüner und schöner, und es war süß für mich, im hellen warmen Sonnenschein über ihre weichen, milden und üppigen Weiden zu gehen, auf denen jetzt die lieben treuen Tiere friedlich und wonnig weideten. Pferde und Kühe standen oder lagen, zu schönen Gruppen vereinigt, unter den prächtigen, langästigen Tannen. Die Blumen dufteten, alles war ein Summen, ein Singen, ein Sinnen und ein Ruhen. Die ganze Bergnatur schien ein glückliches, liebes, fröhliches Kind zu sein, und ich ging jeden Tag, am Vor- oder am Nachmittag, zu diesem Kinde hin und schaute ihm in die glänzend-unschuldigen Augen. Mir war, als werde ich selber dadurch mit jedem Tag schöner. Muß mich nicht die Betrachtung und der sorgfältige Genuß von etwas Edlem und Schönem schön und edel machen? Ich bildete mir solcherlei jedenfalls ein und ging in der Gegend herum wie ein Träumer und Dichter. Die holde Dichterin Natur dichtete immer größere und schönere Gedichte; indem ich so stand oder still davonging, war es mir, als spaziere und lustwandele ich in einem Gedicht, in einem tiefen, sonnenhellen, grünen und goldenen Traum herum, und ich war glücklich. Es war kein Geräusch, das nicht anmutig klang, alles war ein Klingen, ein Tönen, bald ein nahes, bald wieder ein entferntes, ich konnte nur horchen, es genießen und mit meinem Ohr es trinken. Ein paarmal machte ich weitere Ausflüge, meistens aber blieb ich in inniger sanfter Nähe warm daliegen, bezaubert vom blauen Himmel und gebannt von der himmlisch-schönen, weißen Götterlandschaft, die mich wie mit großen weichen Götterarmen zu sich zog. Alle Begierden, weiter in die lichte Ferne zu wandern, starben an dem Entzücken und am Genuß, die die Nähe mich empfinden ließ mit ihren beseligenden Tönen. Von allen Weiden tönten die Glocken, die die Tiere am Halse leise schüttelten beim sanften Grasen. Tag und Nacht tönte es und duftete es. Ich habe einen solchen Frieden nie gesehen, und ich werde ihn nie wieder so sehen. Eines Tages reiste ich ab. O wie oft, wie oft drehte ich mich beim Weggehen um, damit ich all das Schöne, das ich nun verließ, noch einmal sähe, die heiteren Berge, die lieben roten Dächer zwischen den edlen Tannen, den stolzen Felsen, das ganze reizende Gebirge.

DER TRAUM (II)

Ich habe einen traurigen, freudlosen Traum gehabt in der vergangenen Nacht. Wohl sechsmal erwachte ich davon, aber immer wieder, so, als sollte ich stets von neuem geprüft werden, fiel ich hinunter in die Gewalt der düsteren Einbildungen, in die Macht des fieberartigen Traumes. Mir träumte, daß ich in eine Art von Anstalt und Institut hineingekommen sei, in einen Sonderbund, in eine verriegelte, unnatürliche Absonderung, welche von höchst kalten und höchst eigentümlichen Verordnungen regiert wurde. Elend war mir zumute, und eiskalter Schauder rieselte mir durch die entsetzte, angsterfüllte Seele, die sich vergeblich sehnte, ein Verständnis zu finden. Alles war mir unverständlich, doch das Grausamste war, daß sie nur über die Ratlosigkeit und Hilflosigkeit lächelten, in der sie mich sahen. Nach allen Seiten schaute ich mich mit flehenden Augen um, damit ich ein freundliches Auge sähe, doch ich sah nur den offenen mitleidlosen Hohn mich mit seinen Blicken messen. Alle, die da waren, musterten mich auf so sonderbare Weise, auf so rätselhafte Weise. Meine Angst vor der ringsum herrschenden Ordnung, deren Wesen mich mit Grauen erfüllte, wurde von Minute zu Minute größer, und mit ihr vergrößerte sich die Unfähigkeit, die ich offenbarte, mich in die seltsamen, absonderlichen Verhältnisse zu schicken. Deutlich erinnere ich mich, wie ich bald zu diesem, bald zu jenem Beamten in kummervoller, bittender Tonart sagte, daß ich «alles das», so drückte ich mich in der höchsten Herzbeklemmung aus, ja ganz und gar nicht verstehe, und daß man mich doch lieber hinaus in die Welt ziehen lassen wolle, damit ich meinen Mut und meinen angeborenen Geist wiederfände. Doch statt mir zu antworten, zuckten sie nur die Achseln, liefen hin und her, zeigten sich sehr in Anspruch genommen, gaben mir zu verstehen, daß sie keine Zeit hätten, sich näher mit mir und mit meinem Unglück zu beschäftigen, und ließen mich in all der unaussprechlichen, fürchterlichen Bestürzung stehen. Augenscheinlich paßte, paßte ich gar nicht zu ihnen. Warum denn nun war ich zu ihnen hineingekommen in diese enge und kalte Umgrenzung? Durch viele Zimmer und Nebenzimmer tastete ich mich; ich schwankte hin und her wie ein Verlorener. Mir war, als sei ich im Begriff, in dem Meer der Befremdung zu ertrinken. Freundschaft, Liebe und Wärme waren verwandelt in Haß, Verrat und Tücke, und das Mitempfinden schien gestorben seit tausend Jahren oder schien in unendliche Entfernungen gestoßen. Eine Klage wagte ich nicht zu äußern. Ich hatte zu keinem, zu keinem dieser unverständlichen Menschen ein Vertrauen. Jeder hatte seine strenge, enge, stumpfe, wohlabgemessene Beschäftigung, und darüber hinaus stierte er wie in eine grenzenlose Leere. Ohne Erbarmen mit sich selber kannten sie auch kein Erbarmen mit einem andern. Tot, wie sie waren, setzten sie nur Tote voraus. Endlich erwachte ich aus all dem Hoffnungslosen. O wie freute ich mich, daß es nur ein Traum war.

DER JAGDHUND

Auf meinen kleinen, ich muß und darf sagen, winzig kleinen Wanderungen sehe ich allerlei Hunde, und ich habe die drolligen vierfüßigen Burschen schon ordentlich liebgewonnen. Da ist vornehmlich der Karrenhund, den die Metzger und Milchhändler an ihre Handwagen spannen. Er ist ein prächtiger, pflichtbewußter Kerl, und ich achte ihn ganz außerordentlich. Längst schon hatte ich immer im Sinn, einmal ein Wort über ihn zu sagen. Er verdient Anerkennung in jeder Hinsicht, und wer sich die Mühe nimmt, ihn aufmerksam zu beobachten, wie er so ganz und gar der Eifer und die Treue selber ist, wie er seinen Zweck und seine Bestimmung so schön versteht und aufgeht in der Aufgabe, die er zu erledigen hat, der wird nicht anders können als ihn loben. Freudig, ja oft sogar feurig und stürmisch zieht er den Wagen vorwärts, und wenn er so recht arbeiten, ziehen und seine Kraft anstrengen kann, läßt er ein kräftiges, fröhliches Gebell vernehmen, daß man deutlich hört und sieht, wie ihm der Dienst Vergnügen macht. Heute früh auf meinem Rundgang sah ich einen Hund sich mit wahrer Wonne im frischen Schnee hin- und herwälzen, was einen Anblick gewährte, der sich meinem Kopfe einprägte. Reizend spielen oft große starke Hunde mit ganz kleinen Kindern, und überaus sehenswert ist es, wie der kraftvolle Kerl sich da dem zarten Kinde so hübsch, so gefällig anpaßt und auf die kleinste und feinste Bewegung sorgfältig achtgibt, die das Kind beliebt auszuführen. An Aufmerksamkeit ist der Hund ein König, und sein treues ehrliches Verständnis leuchtet ihm überraschend schön aus den Augen. In unserer Stadt gibt es viele Hunde, und daß sie gut gehalten und gut behandelt werden, sieht man ihnen an. Beinahe schrecklich in ihrem wütenden Eifer sind Jagdhunde. Ich saß einmal vergangenen Sommer im stillen tiefgrünen Wald auf einem Stein. Ringsum wundersames, zartes, dichterisches Schweigen. Mit einmal rast die klägliche, jämmerliche Jagd daher. Ein armer Hase springt durch die Waldesstille, und hinter ihm her, mit zornigem Geheul, welches die Stille jäh unterbricht, rennt der Hund mit ungestümen Sätzen, der glühende, eingefleischte Verfolger, entsetzlich hingegeben seiner grausamen Aufgabe. Er kriegte aber den Hasen nicht, denn später sprang er wieder an mir vorbei, jetzt, so, wie wenn er verwundet worden wäre, Jammerlaute aussto-ßend. Er hatte sein Ziel nicht erreicht, das leidenschaftlich ins Auge gefaßte Ziel, und gab sich jetzt dem Schmerze hin. Er war ganz Trauer, ganz tödliche Enttäuschung.

DER VATER

Wenn ich durch das feine, elegante, französische Neu-quartier spaziere, dessen Häuser einen zierlichen Ge-schmack verraten, gelange ich, dicht neben der Haupt-post vorbei, und manch ein altes, edles, gartenumsäumtes Herrenhaus streifend, welches in seinem Parke liegt, wie das stille, köstliche Kleinod in seiner Umfassung, langsam in die trauliche, träumerische Altstadt, die mich jedesmal, wenn ich sie sehe, wie ein reizendes und höchst nach-denkliches Denkmal aus der Vergangenheit anmutet. Still und spitz und tiefsinnig, freundlich lächelnden Greises-erscheinungen ähnlich, ragen dort die alten Türme in die Luft empor, und wenn ich, den ehemaligen Festungsgra-ben entlang, noch ein paar Schritte weitergehe, so stehe ich vor einem seltsamen, niedrigen, großdachigen Haus, zu welchem, wie ich sehe, ein kleiner, hübscher, tiefge-legener Garten gehört. In dem Hause wohnen eine alte Frau und zwei alte Männer, und einer der beiden behag-lichen Alten ist mein Vater, den ich von Zeit zu Zeit, etwa nach dem Abendessen, besuche, um mit ihm zu plaudern, der gerne ein Gespräch über die Stadt und ihre Bewohner führt. Hier also, inmitten alter, phantastisch hoher Dächer und wunderbarer Türme, im Bereiche des-sen, was die Zeiten hartnäckig und standhaft überdauert hat, wohnt er, der alte Mann mit seinen schneeweißen

Haaren, der noch jeden Morgen beizeiten aufsteht und seine kleinen idyllischen Geschäfte immer noch besorgt mit fast jugendlichem Eifer. Alte Leute und altertümliche Wohnungen passen vortrefflich zusammen, und es stimmt mich fröhlich, zu wissen, daß er so gut haust und wohnt, der alte Mann, der mir so nahesteht, dem ich so nahestehe. Alles ist dort alt, die Gärten und ihre hohen prächtigen Tannen, das steinerne Gewölbe und der liebe stolze Berg mit seinem harten treuen Felsen. Gegenwärtig liegt Schnee auf den Dächern, Türmen und Tannen, und auch in meines alten Vaters Garten liegt er, wo im süßen, warmen, goldenen Sommer die heiße Sonne ihre Gewalt entfaltete und die sanften Flammen, die Rosen, blühten. Gerade sehr viel gehe ich nicht zum alten Manne. Es soll meinem Gefühl nach eine zarte Scheu sein zwischen Sohn und Vater, und dann habe ich am ersten Tage schon gemerkt, daß er der erklärte treue Freund gewisser strikter wunderlicher Gewohnheiten ist, und in seinen lieben, guten, eingesessenen Gewohnheiten mag, soll und will ich ihn nicht stören. Süße zarte Rosen im kleinen grünen Garten und schneeiges Weiß auf dem alten Kopfe. Welt, wie bist du wunderbar, wie bist du so leicht und doch so schwer verständlich. Ewiges reizendes Geheimnis! Fast noch lieber als zu ihm hineinzutreten und ihn zu sehen ist mir das bloße Draußenstehenbleiben vor seinem schönen bescheidenen Haus und dann so das Denkendürfen, daß er nun ruhig und behaglich drinnen sei, in der kleinen Küche beim stillen friedlichen Abendbrot oder im lieblichen, länglichen Wohn- und Schreibzimmer, seine Zeitung lesend. Das tut mir wohl bis hinein in die Seele. Einmal stand ich auch so da und schaute zu des Vaters rötlichem Fenster hinauf, sehend und wissend, daß er wohlaufgehoben sei. Da war gerade der Mond am Himmel, und wundervoll war's, wie er so mild, zart und freundlich, sanft und groß und gut auf die schlafende dunkle Welt hinabblickte.

DER TRÄUMER

Es lag einer im Grase auf einem kleinen Abhang am Waldesrande. Vor ihm lag eine gemähte Wiese und hinter ihm standen ernste alte Tannen wie treue Schützer und Wächter. Vormittag war's, und eine freundliche milde Sonne schaute aus weißlichem Gewölk warm auf den Faulpelz herab, der die trägen Glieder so lang als er konnte auf dem weichen Boden ausstreckte. Über seine Beine, seinen Rücken und sein Gesicht krochen Ameisen, und Mücken tanzten um ihn herum. Das plagte und ärgerte ihn aber nicht im geringsten. Er lag da, als beabsichtige er, den ganzen lieben langen Tag zu verfaulenzen, und in der Tat, er trug derlei Absichten. Die Welt sah so leicht aus, so bläulich, so sorgenlos. Höchstens glich ein feiner Dunst am Himmel einer Art von Kummer, aber der Kummer selber machte sich nicht gar viel Gedanken. Eine Beigabe von Ernst macht die Fröhlichkeit nur fröhlicher, und ein leiser Schmerz versüßt und verfeinert die Freude, macht sie nur noch freudiger. Unserem Burschen und Tagedieb zu Häupten hingen ein paar Tannenzapfen und ärmelartige Tannenzweige, und noch weiter oben, nämlich am Himmel, schwebten weiße heiße Wolken. Er träumte, der hier lag. Gab es keine Pflichten für den Lümmel? Ei was, Pflichten! Braucht doch nicht jeder Mensch Pflichten zu haben. Ein Bach, der zu des Träumers Füßen sich durch das Gras schlängelte, gab artige glucksende Melodien zum besten. Einmal schaute ein Fuchs aus dem gegenüberliegenden Waldrand heraus und floh, als der Mensch im Gras sich regte, in weiten Sätzen hinweg. Das ging so, bis es Nachmittag und Abend wurde, wo das Abendrot sich zeigte und die Singvögel anfingen wunderbar wehmütig und süß zu singen. Der Bursche lauschte. Es wollte ihn ein Bangen besuchen. Ein Weh wollte ihn beschleichen. Aber er war auf den Besuch gefaßt, und da tat er, als merke er nichts davon. Der Abend mit seinen Tönen und Farben und Düften sank einer Frau in die Arme. Die Frau war die Nacht, und diese herrschte nun. Der Bursche blieb aber ganz ruhig liegen. Das Gras war weich. Es kam ihm wie ein Bett vor, eben recht zum Schlafen. Alles war finster geworden, und kein Sterbenslaut regte sich mehr. Stille, Stille. Nichts war mehr zu unterscheiden. O, da schlief der Waldmensch ein, und ungestörter hat nie ein junger oder alter Mensch geschlafen. Schlief fleißig die ganze Nacht durch, und als er erwachte, war es schöner, heller, gütiger, milder Morgen.

DER POLE

In einem Dorf, nahe an der Grenze von Galizien, in einer Gegend also, wo deutsche, russische und polnische Elemente sich berühren, erlebte ich eines Nachts, es war im Winter, und das flache Land war mit Schnee bedeckt, eine Wirtshausszene, die mir lebhaft in Erinnerung geblieben ist, und die ich darum gern aufzeichnen möchte. Ich und ein paar Burschen hatten uns zu einem tapferen

Gelage im miserablen, düsteren und räuberhüttenähnlichen Gasthaus eingefunden. Das Bier, wenn ich so zurückdenke, war entsetzlich schlecht, und das Gastzimmer, dortig herrschender Volksarmut entsprechend, schrecklich unsauber; doch das hinderte uns junge vergnügliche Leute nicht, wacker zu trinken und lustig zu singen und zu johlen. Nach und nach kamen noch andere Kerle, ein Schreiner, Maurer, und dann war ja vor allen Dingen ein Bursche da, den sie August nannten, ein junger Stallbursche aus dem gräflichen Schloß, welches mit seinen stolzen, herrischen Türmen unfern in der Winternacht lag. Der junge Pole, das war er, fing, da er schon mehrere Gläser von dem abscheulichen Zeug getrunken hatte, zu der Musik, die ein anderer bereitwillig zum besten gab, zu tanzen an, und er tanzte auf polnische Weise, wobei er über das ganze Gesicht lachte. Überaus anmutig sah es aus, wie der junge Tänzer in dem wüsten, von aller Grazie und von allem Edelsinn so weit entfernten Lokal die Grazie und das artige Benehmen verkörperte, dadurch, daß er sich bald, wie vor einer unsichtbaren Dame, verneigte und bald wieder sich stolz in die Brust warf, als stehe er einem Gegner auf dem Kampfplatz gegenüber. Er spreizte seine bestiefelten jungen Beine nach dem Takte der Musik, bog wieder das Knie, und mit Arm und Hand führte er sehr manierliche Bewegungen aus. Von Zeit zu Zeit wollte er, in dem Rausch, in dem er sich befand, wild und ungebärdig werden, doch wie wenn er wieder seinen strengen Herrn und Meister vor sich sehe, bändigte er die Wildheit und beugte sich unter die guten und schönen Formen, derartig, daß es wie die Selbstzucht aussah, und daß es duftete wie nach höherer Erkenntnis. Das Bild, das der junge hübsche Mensch darbot, indem er solchermaßen mit der Ausschweifung kämpfte, ist mir unvergeßlich geblieben. Gibt es auf Erden doch nichts Besseres und Erquicklicheres zu sehen als den Kampf, den der Mensch kämpft gegen die Untugenden, die in ihm schlummern, als den stolzen Streit des Menschen mit sich selber. Der Bursche hatte nun ausgetanzt und setzte sich wieder zu dem Volke der Johlenden, Schreienden und Trinkenden. Der, der die Handharfe gespielt hatte, spielte aber munter weiter, und da war es mir, als müßten die Töne von dem Instrument in der dicken Rauchluft des Zimmers hängen und kleben bleiben, so garstig voll von Dunst und Rauch war die jämmerliche Stube. Immer mehr wurde getobt und getrunken. Da mit einem Male, wie ein Blitz aus dem Himmel, war Streit unter den Leuten, und in eines Kerle Faust zückte ein Messer. «Wollt ihr mir so kommen, ihr Bösewichte? Wartet nur!» schrie voller sonderbarer Autorität die Wirtin. «Wenn ihr raufen wollt, so macht das draußen auf der Straße miteinander ab!» Die ganze Stube schien betrunken. Alles drehte sich. Es war eine höllische Szene. Einige von uns gingen in die Nacht hinaus, ich mit ihnen. Wie schön war die Nacht mit ihrem Schnee und mit ihrem silbernen, hohen, großen Mond am Himmel. Es zwang mich hinaufzuschauen zum Mond und zu den süßen Sternen.

DER DOKTOR

Eines Tages, in der heißen Mittagssonne, schon viele inhaltreiche Jahre sind seither vergangen, sah ich, noch erinnere ich mich dessen deutlich, auf dem menschenbelebten Platz, auf dem ich stand, aus der Masse von vielerlei unbedeutenden Leuten, welche er gewissermaßen mit seiner sonderbaren Erscheinung überragte, einen Mann auftauchen, der ganz in edles, schönes, feierliches Schwarz gekleidet war, eine Art Doktorhut auf dem Kopfe hatte, und einen eleganten Spazierstock beinahe gravitätisch in der Hand trug. Ich nannte den Mann ohne weiteres für mich im stillen einen Doktor der schönen Literatur, und ich darf sagen, er faszinierte mich. Alle übrigen Menschen, verglichen mit ihm, erschienen mir platt, unfein und gedankenlos, so, als habe sich kein einziger von ihnen je bemüht, sich Rechenschaft darüber abzulegen, warum und wozu er eigentlich lebe. Mit meinen Augen verfolgte ich den seltsamen und in gewissem Sinne abenteuerlichen Mann, der einem Geistlichen oder fast besser noch einem vermummten Fürsten glich in der Lässigkeit, mit welcher er seines Weges ging. Ein Zauberer schien er zu sein, denn er trug eine unzweideutige Verachtung gegenüber seiner Umgebung zur Schau, und zwar so, als fühle er sich genötigt, sich selber gering zu achten, deshalb, weil er unter keinen besseren Leuten lebe. Eine Brille verunzierte nicht, sondern zierte und schmückte sein bleiches, gedankenvolles Gesicht. Das Gesicht schien ohne die Brille nicht sein Gesicht zu sein. Edel, gleich einem Gesandten, der gewöhnt ist, an königlichen und kaiserlichen Höfen zu verkehren, schritt die schlanke, leicht vornüber geneigte, feine Gestalt dahin, und indem der Mann so ging, war es, als fühle er sich belästigt von einem unabweisbaren Reichtum von Gedanken. Er schien etwas wegzuwerfen und abzuweisen, und gleichzeitig schien er wiederum irgend etwas zu suchen, etwas, das schöner sei als alles andere. Was dieser Mann sein eigen nannte, betrachtete er als etwas, dessen er auch schon

Grund hatte, überdrüssig zu sein. Nur was er ersehnte, vermochte er zu achten, und nur was er erstrebte, schien er zu besitzen. Auffallend war mir, wie er sich so leicht durch die Menschen schlängelte, als befinde er sich auf vergnüglich-liederlichen Wegen, als etwa auf dem Weg in die nächstbeste elegante Konditorei, zum zierlichen Rendezvous mit einer Dame. Doch das war die Maske, in die sich die Person zu hüllen liebt, die nicht mag und nicht will merken lassen, wie ernsthaft sie denkt, damit sie es um so besser tun kann. Ich wollte mir eingebildet haben, daß er mir wie der privilegierte und berechtigte Vertreter alles dessen erscheine, was geistvoll sei, und daß er auf mich den Eindruck mache, der mir sagte, daß es zu des Mannes Leidenschaften gehöre, stets eine Leidenschaft zu nähren. Jedenfalls gefiel er mir im höchsten Grade, und in dem Augenblick, wo ich ihn sah, liebte und verehrte ich ihn auch schon. Bald indessen verschwand er, und auch ich entfernte mich von dem Standort, von wo aus ich ihn so aufmerksam betrachtet hatte.

DER LIEBESBRIEF

Ich habe einen kleinen sorgfältigen Streifzug in die Gegend hinaus gemacht, damit ich dir mitteilen könne, was ich Schönes gesehen habe. Auf dem Weg hatte ich allerlei Einfälle, doch sie mußten sich alle wieder auf und davon machen und mußten verschwinden neben dem Gedanken, der sich nur mit dir beschäftigte, du liebes Mädchen, du süßes, liebes Wesen. In meinen Gedanken gingest du neben mir und vor mir her. Ich war, indem ich so ging, ganz nur Denken, ganz nur Sinnen, ganz nur Gedanke, ganz nur treues, zartes Bei-dir-Sein. Lächelst du? Bald sollst du noch mehr über mich zu lächeln haben mit deinem lieben Mund. Es ist schön für einen Mann, treu an seinem Mädchen zu hängen und sich zu sehnen mit leiser immerwährender Sehnsucht nach der Gegenwart der Holden. Ich kam in einen wunderhübschen kleinen Wald hinein, wo es still und weich und artig war, und wo die goldenen Vormittagssonnenstrahlen zwischen den Ästen und Stämmen ins grüne Heiligtum, ins grüne Waldesinnere hereinbrachen. Da ich so bei deinem Bilde war, kam's mich an, die Sonnenstrahlen mit deinem hellen, wogenden Haar zu vergleichen, und als ich hinauskam aus dem zarten, kühlen, schüchtern-stillen Waldesdunkel in das helle, blaue, weite Freie, stand ich Wanderer wieder still. Der Himmel mit seinem sanften, lieben Blau erinnerte mich an deine Augen. Weiter ging ich, und da stand ich bald vor einem Haus mit Garten, und im Garten standen die schönsten Blumen, die ihre leichten Köpfchen so zierlich-schwankend trugen. Da stand dein Köpfchen vor mir mit seiner Stirne, Wangen und Lippen, und indem ich das Haus betrachtete, das so lieblich nach Behaglichkeit und Wohnlichkeit duftete, dachte ich, es müsse süß sein, mit dir zusammen häuslich darin zu hausen. Bald nachher traf ich Äpfel an, die an den Zweigen eines Apfelbaumes hingen und mich mit ihren roten und gelben Backen freundlich anlachten. Ich bildete mir ein, dein rundes Gesicht mit seinen roten, blaßroten Wangen lächele zauberisch aus dem Blätterwerk zu mir herab. Reizende Illusionen. Ruhig, wie es meine Art ist, und von Träumereien umfangen, ging ich meinen bescheidenen Weg weiter, der mich hügelabwärts zu einem blauen, breiten, sonnigen Strome führte. Mit sanfter, wohliger

Gewalt floß das schöne Wasser dahin zwischen grünen glücklichen Ländereien. Ich dachte, wie dein sanftes, zartes Wesen mich mit Gewalt zu dir ziehe und wie ich glücklich sei darüber. Bist du glücklich? Wenn du es bist, bin ich es auch.

DER HANSWURST

Da ist einer, sie nennen ihn Hanswurst, weil er so ein dummer Mensch ist, der zu nichts Rechtem zu gebrauchen ist. Ich kenne ihn wohl, den liederlichen, unklugen Burschen. Es ist mir im Leben noch keiner begegnet, zu dem ich rascher hätte sagen mögen: «Du bist ein Schelm», und keiner, der mich mehr nötigte, über ihn zu lachen. Wenn dumme und ungesunde Einfälle Zinsen eintragen, so gehört er zu den reichen Leuten, aber die Wahrheit ist: er ist arm wie eine Spitzmaus. Ein Sperling hat nicht so wenig Aussicht, es in der Welt zu etwas zu bringen als er, und dennoch kennt er nur Fröhlichkeit, und es ist mir noch nie gegönnt gewesen, einen Zug von Unlust in seinem Spitzbubengesicht zu entdecken. Einmal wollte ihn jemand befördern, Hanswurst aber ergriff die Flucht vor der Beförderung, als wenn sie ein Unheil sei; so dumm benahm er sich im wichtigsten Moment seines Lebens. Er ist und bleibt ein Kind, ein Dummkopf, der das Bedeutende vom Unbedeutenden, das Schätzenswerte vom Wertlosen nicht zu unterscheiden vermag. Oder sollte er am Ende klüger sein, als er selber ahnt, sollte er mehr Witz haben, als er fähig ist zu verantworten? Liebe Frage, ich bitte dich, bleibe hübsch unbeantwortet. Hanswurst ist jedenfalls glücklich in seiner

Haut. Eine Zukunft hat er nicht, aber er begehrt auch gar nicht, etwas derartiges zu haben. Was soll aus ihm werden? Bete doch einer für ihn! Er selber ist zu dumm dazu.

SONNTAGMORGEN

Heute, am Sonntag, ging ich früh ins nahegelegene Land hinaus. In unserer Gegend berühren sich Stadt und Land wie zwei gute wackere Freunde. Ich machte nur hundert Schritte, oder vielleicht noch hundert dazu, und da lag schon der ländliche, zarte Winter vor mir mit seinen strubbligen Bäumen und seinem lieblichen Wiesengrün. Ich kam zum Wald, der so schön, so still in der grauen, kalten Luft dastand mit graziösen Tannenwipfeln. Aus einem entfernteren Pfarrdorf klangen die Sonntagsglokken laut und doch leis und still daher über den Waldsaum hinüber. Kälte und hartgefrorener Weg und ein schönes breites Bauernhaus in dem Gewirr von schwärzlichen Winterbäumen. Ein zarter, friedlicher Rauch stieg wie lächelnd aus dem Kamin, und ein kleiner, lustiger, kecker Feldweg schlängelte sich quer durch den Acker in den Wald hinein. Ich ging an sonntäglich gekleideten Menschen vorbei in meinen alten, lieben Wunderwald hinein, später jenseits wieder hinaus, wo wieder Weg und Feld, grauer Himmel, Baum und Haus und andre Leute mir begegneten. Es lag in aller Winterkälte und -gestorbenheit so viel warmer Friede, so viel uraltes und ewig wieder junges und frohes Leben. Eine grüne Anhöhe guckte schelmisch zu mir hernieder. Ich liebe, liebe mein Land mit seinen Pfaden, Ecken, Kreisen und Winkeln.

Bald war ich zu Hause im angenehm geheizten Zimmer. Ich setzte mich an den Tisch, ergriff die Feder und schrieb dieses.

AUSGANG

Ich ging hinaus in das kalte Morgengrauen. Bäume und Häuser schwarz und Rauch in der Straße. Nach und nach hellte es sich auf. In den Stuben brannten die Lampen. Wovon ich aber besonders sprechen will: ich ging hinter drei Mädchen, die zur Schule liefen. Viele andere kleine Kinder liefen ebenfalls zur Schule. Eines der drei Mädchen ging so schön. Ihre kleinen, weichen und schon so vollen Beine machten die lieblichste Musik. Ich konnte mich nicht satt daran schauen. Zwei winzige Zöpfe hingen ihr den Nacken herab über den Rücken. Die Kleine war schon so weiblich bei der Jugendlichkeit, schon so reif bei der unschuldigen Unreife. Herrlich sah es aus, wie die Schuhe so weich, mild und voll waren mit dem Fuß, und wie die ganze Figur so leicht und doch so angenehm schwer vor mir hinlief, und wie das kleine zierliche Stiefelabsätzchen sich so anmutig krümmte unter der schönen, leichten, weichen Last. Die Formen an dem Kind waren so groß, redeten so weich. Bald traten indessen die Mädchen in das Schulhaus, und ich ging meines Weges durch den kalten, dunklen Wintermorgen weiter. Ein paar Häuser und ein paar Bäume und wenige Menschen. Es tat mir alles so wohl. Der Weg und die Wiese waren hartgefroren, und die Berge entlang lag eine graue Wolkenschicht, so fest, als könne sie nicht mehr weggehen. Zierlich wie Kinder standen kleine Bäume im Wiesengrün, und dann sah ich eine zarte, liebe, feine, grüne

Anhöhe und das altersgraue Dach von einem Bauernhaus, zwei Hunde, noch einen anderen Hund, der mich mit seiner warm-nassen Nase antupfte, als sei es ihm darum zu tun, mir guten Morgen in aller frischen, kalten Frühe zu wünschen, Arbeiter, die Steine abluden. Einmal sah ich zu einem niedrigen Fenster hinein. Eine schöne junge Frau im schneeweißen, reizenden Morgengewand stand hinter den Fensterscheiben und schaute mich an. Manches schaute auch ich an. Man sieht immer etwas.

DIE MILLIONÄRIN

In ihrer fünfzimmerigen Wohnung wohnte ganz allein eine reiche Dame. Ich sage da Dame, aber die Frau verdiente nicht, Dame genannt zu werden, die Arme. Sie lief unordentlich daher, und die Nachbarsleute titulierten sie Hexe und Zigeunerin. Ihre eigene Person erschien ihr wertlos, am Leben hatte sie keine Freude. Sie kämmte und wusch sich oft nicht einmal, und dazu trug sie alte und schlechte Kleider, so sehr gefiel sie sich in der Vernachlässigung ihrer selber. Reich war sie, wie eine Fürstin hätte sie leben können, aber sie hatte keinen Sinn für den Luxus und auch keine Zeit dazu. Reich, wie sie war, war sie die Ärmste. Ganz allein mußte sie ihre Tage und ihre Abende zubringen. Kein Mensch, außer etwa der Emma, ihrem ehemaligen Dienstmädchen, leistete ihr Gesellschaft. Mit allen ihren Verwandten war sie verfeindet. Etwa noch Frau Polizeirat Stumpfnas besuchte sie zuweilen, sonst niemand. Die Leute hatten einen Abscheu vor ihr, weil sie wie eine Bettlerin daherkam, sie nannten sie eine Geizhalsin, und freilich war sie geizig. Der Geiz war ihr zur Leidenschaft geworden. Sie hatte kein Kind. So war der Geiz ihr Kind. Der Geiz ist kein schönes, kein liebes Kind. Wahrhaftig nicht. Aber irgend etwas muß der Mensch haben zum Herzen und Liebkosen. Die arme reiche Dame mußte oft in der stillen Nacht, wenn sie so allein saß im freudelosen Zimmer, in ihr Taschentuch weinen. Die Tränen, die sie weinte, meinten es noch am ehrlichsten mit ihr. Sonst wurde sie nur gehaßt und betrogen. Der Schmerz, den sie in der Seele fühlte, war der einzige aufrichtige Freund, den sie hatte. Sonst hatte sie weder Freund noch Freundin, noch Sohn, noch Tochter. Sie sehnte sich umsonst nach einem Sohne, der sie kindlich würde getröstet haben. Ihr Wohnzimmer war kein Wohnzimmer, sondern ein Bureau, überladen mit Geschäftspapieren, und in ihrem Schlafzimmer stand der gold- und juwelengefüllte eiserne Kassenschrank. Wahrlich: ein unheimliches, ein trauriges Schlafzimmer für eine Frau. Ich lernte diese Frau kennen, und sie interessierte mich lebhaft. Ich erzählte ihr mein Leben, und sie erzählte mir das ihrige. Bald darauf starb sie. Sie hinterließ mehrere Millionen. Die Erben kamen und warfen sich über die Erbschaft. Arme Millionärin! In der Stadt, wo sie lebte, sind viele, viele arme kleine Kinder, die nicht einmal genügend zu essen haben. In was für einer sonderbaren Welt leben wir?

ERINNERUNG

So viel ich mich erinnere, war es so: er, der sonderbare ältere Mann und ich, der ebenso seltsame, sonderbare, jedoch junge Mann, saßen einander in seinem, des älteren

Mannes, Zimmer gegenüber. Er schwieg nur immer, und ich, ich redete nur immer. – Was war es, was mich bewegen konnte, so stürmisch zu reden, und was war es, was ihn, der mir gegenüber saß, bewegen konnte, so beharrlich zu schweigen? Je ungeduldiger, feuriger und offenherziger ich sprach, um so tiefer hüllte er sich in sein geheimnisvolles, düsteres und trauriges Schweigen. Mit traurigen Augen betrachtete er mich vom Kopf bis zu den Füßen, und von Zeit zu Zeit, und das war mir das Allerunangenehmste, gähnte er, indem er die Hand wie entschuldigend zum Munde führte. Seltsame Käuze, sonderbare Sonderlinge waren wir sicherlich beide, er mit seinem Gähnen und beharrlichen Stillschweigen und ich mit meinem fortgesetzten Bestürmen eines Ohres, das offenbar auf alles, was ich sagte, gar nicht hörte, das ganz wo anders hinhorchte, als auf mein herzliches Reden. Jedenfalls war es eine bedeutungsvolle Stunde, und darum ist sie mir so lebhaft in der Erinnerung geblieben. Auf der einen, d. h. auf seiner, des älteren, gereiften Mannes Seite ein glanzloses Auge und ein Benehmen, welches Gelangweiltheit verkündete, und auf der anderen, d. h. auf meiner Seite idealisch loderndes Wesen und eine hingeworfene, hingegossene Beredsamkeit, die, der leichten Welle ähnlich, am Felsen von des mürrischen Mannes trockenem und hartem Betragen zerschellte. Sonderbar bei der ganzen Sache war, daß ich wohl wußte, wie wenig Wert all mein Reden und Sprechen habe, wie wenig Eindruck es machen müsse, und daß ich vielleicht gerade darum mich nur um so inniger in das beseelte Sprechen hineinsprach. Ich glich einem Brunnen, der nicht anders konnte als zu sprudeln, einer Quelle, die hervorbrach mit all ihrem drängenden Inhalt, ohne daß sie es wollte. Ich wollte und wollte wieder absolut nicht reden. Es drang so heraus, und alles, was ich fühlte und dachte, sprang mir als Wort und Satz über die Lippen, welche öfters in der Eile und in der seltsamen Beklemmung anfingen zu stottern, wobei es mir war, als sehe ich mein Gegenüber spöttisch lächeln, als habe er eine Art von dunkler, stiller Freude, mich in der Bedrängnis zu sehen, welche mich umflatterte.

DIE SCHNEIDERIN

In einem alten, wenn nicht gar uralten Haus in der Obergasse wohnte, wie man mir erzählte, eine junge hübsche Frau, Schneiderin ihres Lebenszweckes und Berufes. Sie bewohnte ein großes, saalartiges Gemach, welches nach unserer Meinung eher als Versammlungslokal für gelehrte Häupter, Stadträte und mehr derlei Personen denn als Wohnzimmer für eine lebenslustige und zierliche Frau gepaßt haben würde. Die jugendliche Modekünstlerin vermochte des Nachts in ihrem Bett kaum einzuschlafen. Leser, wie hättest du es? Möchtest du in solch einem schaurigen, traurigen, alten Zimmer leben? Gewiß könntest auch du dort keinen rechten Schlaf finden. Das Zimmer war so groß, die Stille, die in dem Zimmer herrschte, war so sonderbar, und die Finsternis so dick, geheimnisvoll und unergründlich. Du hättest deinen Finger können in die Dunkelheit stecken wie in eine Art dicker schwarzer Milch, so dickfinster war die unheimliche Stube. Wie von aller gesitteter und gebildeter Welt verlassen, lag in den langen zweideutigen finsteren Nächten die junge schöne Frau da, sie kam sich so hilflos und schutzlos vor, und es war ihr stets zumute, als solle sich etwas Schreckliches, Entsetzliches und Ungeheuerliches zutragen. Ihr Zimmer erschien ihr wie eine Totengruft, und wenn sie ins Bett stieg, flüsterten ihr die ängstlichen Einbildungen ins Ohr, daß sie in einen Sarg hineinsteige. Eines Nachts, mitten in der totenstillen, unaussprechlich ruhigen Mitternacht, erwachte die Schneiderin; ein Geräusch war in all der Geräuschlosigkeit vernehmbar, deutlich, oh, nur zu deutlich hörte sie es, und indem sie es hörte, meinte sie, ihren Verstand vor Schreck verlieren zu müssen. Es blätterte jemand in der Finsternis in ihrem Modejournal. Die Frau, die sich im Bett aufgerichtet hatte, wollte laut aufschreien vor Angst, doch die Angst selber unterdrückte den Angstschrei, das Entsetzen selber weigerte sich, den Schrei des Entsetzens auszustoßen. Der Schrecken selber, wie ein entarteter Vater, erstickte seinen Sohn, den Schreckensschrei. Stelle dir das vor, lieber Leser, und jetzt stelle dir vor, wie es zu der Schneiderin in das Bett hineinstieg. Es war der Tod, der in stiller Mitternacht die junge Frau besuchte, um sie mit seinen eisigen Armen zu umfassen, um sie zu küssen mit seinen fürchterlichen Küssen. Am anderen Morgen, da jemand zur Schneiderin kam, fand er sie tot. Sie lag tot im Bett.

DAS STELLENGESUCH

Hochgeehrte Herren!

Ich bin ein armer, junger, stellenloser Handelsbeflissener, heiße Wenzel, suche eine geeignete Stelle und erlaube mir hiermit, Sie höflich und artig anzufragen, ob vielleicht in Ihren luftigen, hellen, freundlichen Räumen eine solche frei sei. Ich weiß, daß Ihre werte Firma groß, stolz, alt und reich ist, und ich darf mich daher wohl der angenehmen Vermutung hingeben, daß bei Ihnen ein leichtes, nettes, hübsches Plätzchen offen ist, in welches ich, wie in eine Art warmes Versteck, hineinschlüpfen kann. Ich eigne mich, müssen Sie wissen, vortrefflich für die Besetzung eines derartigen bescheidenen Schlupfwinkels, denn meine ganze Natur ist zart, und mein Wesen ist ein stilles, manierliches und träumerisches Kind, das man glücklich macht, dadurch, daß man von ihm denkt, es fordere nicht viel, und dadurch, daß man ihm erlaubt, von einem ganz, ganz geringen Stück Dasein Besitz zu ergreifen, wo es sich auf seine Weise nützlich erweisen und sich dabei wohlfühlen darf. Ein stilles, süßes, kleines Plätzchen im Schatten ist von jeher der holde Inhalt aller meiner Träume gewesen, und wenn sich jetzt die Illusionen, die ich mir von Ihnen mache, dazu versteigen, zu hoffen, daß sich der junge und alte Traum in entzückende, lebendige Wirklichkeit verwandle, so haben Sie an mir den eifrigsten und treuesten Diener, dem es Gewissenssache sein wird, alle seine geringfügigen Obliegenheiten exakt und pünktlich zu erfüllen. Große und schwierige Aufgaben kann ich nicht lösen und Pflichten weitgehender Natur sind zu schwer für meinen Kopf. Ich bin nicht sonderlich klug, und was die Hauptsache ist, ich mag den Verstand nicht gern so sehr anstrengen, ich bin eher ein Träumer als ein Denker, eher eine Null als eine Kraft, eher dumm als scharfsinnig. Sicherlich gibt es in Ihrem weitverzweigten Institut, das ich mir überreich an Ämtern und Nebenämtern vorstelle, eine Art von Arbeit, die man wie träumend verrichten kann. – Ich bin, um es offen zu sagen, ein Chinese, will sagen, ein Mensch, den alles, was klein und bescheiden ist, schön und lieblich anmutet, und dem alles Große und Vielerforderische fürchterlich und entsetzlich ist. Ich kenne nur das Bedürfnis, mich wohl zu fühlen, damit ich jeden Tag Gott für das liebe, segensreiche Dasein danken kann. Die Leidenschaft, es weit in der Welt zu bringen, ist mir unbekannt. Afrika mit seinen Wüsten ist mir nicht fremder. So, nun wissen Sie, was ich für einer bin. – Ich führe, wie Sie sehen, eine zierliche und geläufige Feder, und ganz ohne Intelligenz brauchen Sie sich mich nicht vorzustellen. Mein Verstand ist klar; doch weigert er sich, vieles und allzuvieles zu fassen, wovor er einen Abscheu hat. Ich bin redlich, und ich bin mir bewußt, daß das in der Welt, in der wir leben, herzlich wenig bedeutet, und somit, hochgeehrte Herren, warte ich, bis ich sehen werde, was Ihnen beliebt zu antworten Ihrem in Hochachtung und vorzüglicher Ergebenheit ertrinkenden

Wenzel.

«GESCHWISTER TANNER»

Der hinreißende Glanz in den dunklen hauptstädtischen Straßen, die Lichter, die Menschen, der Bruder. Ich in der Wohnung meines Bruders. Ich werde diese schlichte Dreizimmerwohnung nie vergessen. Es war mir immer, als sei ein Himmel in dieser Wohnung mit Sternen, Mond und Wolken. Wunderbare Romantik, süßes Ahnen! Der Bruder bis in alle Nacht im Theater, wo er die Dekorationen machte. Um drei und vier Uhr des Morgens kam er heim, und dann saß ich noch da, bezaubert von all den Gedanken, von all den schönen Bildern, die mir durch den Kopf gingen; es war, als bedürfe ich keines Schlafes mehr, als sei das Denken, Dichten und Wachen mein holder, kräftigender Schlaf, als sei das stundenlange Schreiben am Schreibtisch meine Welt, mein Genuß, Erholung und Ruhe. Der dunkelfarbige Schreibtisch so altertümlich, als sei er ein alter Zauberer. Wenn ich seine feingearbeiteten, kleinen Schubladen aufzog, sprangen, so bildete ich mir ein, Sätze, Worte und Sprüche daraus hervor. Die schneeweißen Gardinen, das singende Gaslicht, die länglich-dunkle Stube, die Katze und all die Meeresstille in den langen gedankenreichen Nächten. Von Zeit zu Zeit ging ich zu den munteren Mädchen in die Mädchenkneipe, das gehört auch mit dazu. Um nochmals die Katze zu erwähnen: sie setzte sich immer auf die beiseite gelegten, vollgeschriebenen Papiere und blinzelte mich mit ihren unergründlich-gelben Augen so eigentümlich an, so fragend. Ihre Gegenwart glich der Gegenwart einer seltsamen, schweigsamen Fee. Ich habe vielleicht dem lieben stillen Tier viel zu verdanken. Was kann man wissen? Ich kam mir überhaupt, je mehr ich vordrang mit Schreiben, wie behütet und wie beschützt vor von einem gütigen Wesen. Ein sanfter, zarter, großer Schleier wob um mich. Es sei hier allerdings auch der Likör erwähnt, der auf der Kommode stand. Ich sprach ihm so viel zu, als ich durfte und konnte. Alles, was mich umgab, wirkte labend und belebend auf mich. Gewisse Zustände, Verhältnisse, Kreise sind einmal da, um vielleicht nie mehr wieder zu erscheinen, oder dann erst wieder, wo man es am allerwenigsten voraussetzt. Sind nicht Voraussetzungen und Vermutungen unheilig, frech und unzart? Der Dichter muß schweifen, muß sich mutig verlieren, muß immer alles, alles wieder wagen, muß hoffen, darf, darf nur hoffen. – Ich erinnere mich, daß ich die Niederschrift des Buches mit einem hoffnungslosen Wortgetändel, mit allerlei gedankenlosem Zeichnen und Kritzeln begann. – Ich hoffte nie, daß ich je etwas Ernstes, Schönes und Gutes fertigstellen könnte. – Der bessere Gedanke und damit verbunden der Schaffensmut tauchte nur langsam, dafür aber eben nur um so geheimnisreicher, aus den Abgründen der Selbstnichtachtung und des leichtsinnigen Unglaubens hervor. – Es glich der aufsteigenden Morgensonne. Abend und Morgen, Vergangenheit und Zukunft und die reizende Gegenwart lagen wie zu meinen Füßen, das Land wurde dicht vor mir lebendig, und mich dünkte, ich könne das menschliche Treiben, das ganze Menschenleben mit Händen greifen, so lebhaft sah ich es. – Ein Bild löste das andere ab, und die Einfälle spielten miteinander wie glückliche, anmutige, artige Kinder. Voller Entzücken hing ich am fröhlichen Grundgedanken, und indem ich nur fleißig immer weiter schrieb, fand sich der Zusammenhang.

EINE STADT (I)

Eines Tages, mitten im Sommer, langte ich in einer Stadt an, in welcher ich einstmals gewohnt hatte, die ich aber nun schon seit manchem Jahr nicht mehr wiedersah. Sie sah so bleich, so farblos aus, die Stadt, daß ich mich vor ihr fürchtete. Ich ging durch die altbekannten Gassen, in der Vermutung, daß mich ihr Anblick ergötzen und erquicken werde, doch es war ganz anders, der Anblick schlug mich nieder, und ein seltsames, unbeschreibliches Verzagen ging mir durch die enttäuschte Seele. Es kam mir alles so tot vor, die Leute erschienen mir wie Gespenster. Unerfreut starrten mich die bleichen Häuser an, und ich wiederum betrachtete sie voller Mißtrauen. Die Frauen kamen mir wie keine Frauen, die Männer wie keine Männer vor, und ich selber war zum unglücklichen Gespenst geworden in der gespenstischen und unglücklichen Umgebung. Das elektrische Tram erschien mir wie irrsinnig, die ganze Stadt machte mir den kummervollen Eindruck eines traurigen, hoffnungslosen Traumes. Gebeugt von der Unruhe und niedergeschlagen von den üblen Eindrücken, trat ich in ein Wirtshaus, um mich ein wenig zu erfrischen, aber ich fand nur neuerlichen Schrecken. «Warum bin ich nur hierher gekommen», dachte ich, und ich verließ die Halle. In der Gasse, durch die ich nun ging, roch es wie nach dem Entsetzen. Ein altes geschminktes Weibsbild lächelte gräßlich aus einem Fenster zu mir herunter. Mir schien, als wenn der Mord hier herum zu Hause sei. Ich sehnte mich nach einer Tiefe, nach einer Kühle, aber es war ringsum alles flach, schwül und leer. Staub in den engen, fürchterlich kleinen Gassen, in denen Zwerge und ungezieferartige Tiere zu leben und zu hausen schienen und nicht Menschen. Die Fenster grinsten wie Grimassen mich an, und die offenen Haustüren sahen aus, als seien sie sperrangelweit offen für jegliche Art von Verrat, Laster und Verbrechen. Keine Tugend, keine Ehrlichkeit, keine Ehrsamkeit schien mehr in dieser weltverlassenen Stadt möglich, ich konnte kein Kindergesicht finden, die Kinder schienen gestorben zu sein in dieser Stadt des starrenden und stierenden Entsetzens. Ich ging wie wund umher, ich hätte mich am liebsten am Straßenboden niedersetzen und heulen mögen, wie ein Tier, wie ein armer Hund, der seinen lieben gütigen Herrn verloren. Ohne Stern war diese Stadt, ohne Sonne und ohne Mond. Traurig ging ich weiter. Da zog es mich in ein Haus, o, in ein Haus hinein, in das ich früher so oft gegangen. In dem Hause hatte ich einstens gewohnt, und wie fröhlich war ich aus- und eingegangen. Jetzt konnte ich das gar nicht mehr begreifen. Furchtsam stieg ich die Treppe hinauf, die schlecht gehalten war. Eine Beklemmnis begleitete mich hinauf, und da sah ich das dunkle Zimmer wieder, in welchem ich ehemals logiert hatte, aber es war ein anderes Zimmer. Ich kannte es nicht mehr. Es glich einem Sarg, und ein eisiger Schauer lief mir über den Rücken. Ich ging nun auf die Suche nach einer Frau, die ich geliebt hatte, aber die Leute schauten mich fremd und verständnislos an, als habe ich mich nach einer Frau erkundigt, die vor tausend Jahren lebte. Wie süß, wie liebevoll war sie gewesen. Ich fühlte noch die sanften Liebkosungen ihrer Hand auf meiner Stirn, und es war mir, wie ich nun so meines Weges weiterging, als sollte sie auf mich hinzutreten und mich küssen. Aber es begegnete mir niemand, der mich kannte. Alles, alles war fremd. Mir war nichts wert, und ihnen allen, den fremden Leuten, war ich nichts wert. Ich drehte der Stadt den Rücken und wanderte weiter.

SPAZIERGANG (I)

Ich habe einen wohligen, kleinen, appetitlichen Spaziergang gemacht, leicht und angenehm wickelte er sich ab. Ich ging durch ein Dorf, dann durch eine Art von Hohlweg, dann durch einen Wald, dann über ein Feld, dann wieder durch ein Dorf, dann über eine eiserne Brücke, unter welcher der breite, sonnige, grüne Strom vorüberfloß, dann den Strom langsam entlang und so fort, bis es

Abend wurde. Doch ich muß wieder zu dem Wald zurückkehren. Übrigens werde ich sehr wahrscheinlich auch über die Brücke noch etwas zu sagen haben. Im Wald war es so heilig-still, so feierlich, und als ich aus dem feuchten, dunkelgrünen Tannenwald herauskam, sah ich am Rand des Waldes zwei Kinder, die Holz zusammengelesen hatten, und die so helle Gesichter und Arme hatten. Die Wintersonne warf einen milden, goldenen Wunderglanz über den Feldhügel, über grüne Wiesen und dunkelbraunes Ackerland. Kahle, schwarze Bäume standen in der Sonne. Da sah ich, indem ich so ging, ein neues Kindergesicht, ein süßes, welches mich anlächelte. Und dann kam ich, wie gesagt, zu der Brükke, die ganz im Golde und im Silber der Sonne schimmerte und zuckte. Wonnig und großartig floß das Wasser unter der Brücke. Später, im Feldweg, begegnete mir eine Frau, deren ich mich darum erinnere, weil sie mich so freundlich grüßte. Da dachte ich: «Welch ein Vergnügen ist es doch, unter den Menschen sein zu dürfen.» Die Häuser am anderen Ufer des Flusses standen so schön, so frei auf der grünen Anhöhe, und die Fenster waren voll gelben Schimmers. Eine Schar Vögel flog in den brennenden Abendschimmer hinein. Ich verfolgte mit meinen Augen die Kette, bis sie verschwand. Eine Seite der Welt war ruhig und warm und dunkel, die andere war kalt und goldig und schimmernd-hell. Ruhig, Schritt für Schritt, ging ich weiter, bis ich einbog ins Land. Alsdann sah ich einige Leute, eine Frau und ein Kind unter abend-schwärzlichen Bäumen. Ihre Augen sahen mich so fragend an. Dann ging ich neben einem Haus vorbei, das ganz allein auf freiem weiten Felde stand, ein zierliches, wunderseltsames altes liebes Gärtchen davor oder daneben. Das Gärtchen umzäunt von einer wunderlichen, phantastischen Hecke. Nun wurde mir mit einem Mal alles zu Traum, Liebe und Phantasie. Alles, was ich jetzt anschaute, nahm große und hohe Form an. Die Gegend selber schien zu dichten, zu phantasieren. Sie schien über ihrer eigenen Schönheit zu träumen. Das Land war wie versunken in ein tiefes, musikalisches Denken. Ich blieb bezaubert von der Schönheit, die mich umgab, stehen und schaute mich aufmerksam nach allen Seiten um. Es war Abend geworden, das Grün sprach eine herrliche abendliche Sprache. Farben sind wie Sprachen. Dem Haus, bei dem ich stand, hing das Dach in die Fenster hinab wie eine Kopfbedeckung in die Augen. Sind nicht die Fenster die Augen der Häuser? Ich mußte jetzt zum Halbmond hinaufblicken, der hoch über dem Waldberg stand. Wundersam war es mir, zu sehen, wie die dunkle Erde so warm, so gesellig, so wohlig-ruhig dalag, und wie der Mond da oben in der schimmernd-blassen und kalten Himmelseinsamkeit schwebte und glänzte. Seine Farbe war ein scharfes, eisigkaltes Silbergrün. Göttlich schön und unaussprechlich dunkel stand der Wald mit seinen reizenden Tannenspitzen unter dem graziösen Herrscher, dem herrlichen Mond. Ich kam an einem anderen Haus vorüber, eine Frau stand an der Tür, und ein Kätzchen kauerte neben ihr. Ich ging mit meinen Gedanken in das Haus hinein und blieb mit ihnen darin wohnen. «Wie sind Menschen und Häuser einander ähnlich», sagte ich murmelnd zu mir selber. Dunkler und dunkler wurde es. Abende sind Gottheiten, und im Abend ist man wie in einer süßen, hohen, wehmutreichen Kirche. Am blassen Himmel stand jetzt ein feuriges, süßes Rot. Es war, als sei der Himmel eine Wange, die vor Glück und vor Seligkeit erglühe. Ein Bauernbursche führte eine braune Kuh neben mir vorüber. Die kleinen Dorfkinder sagten gar wunderschön aus dem zunehmenden Abenddunkel heraus guten Abend. Alle Gesichter waren rötlich angeglüht vom rosig-glühenden Abendrot. Schon zeigten sich die Sterne. Da war gerade das Wirtshaus am Weg. Ich ging hinein.

DAS KÄTZCHEN (I)

Ich kam nur eben vom Berg herab in eine kleine, nette, altertümliche Vorstadt hinein. Ein Haus stand da, das war so zart, als blinzle es mit seinen Augen, will sagen, mit seinen Fenstern. Eine alte Frau stand an der Straße und streckte ihren Kopf in eines der Fenster, sie führte wohl ein gehäkeltes Gespräch mit einer Nachbarin. Aber die Hauptsache ist: ich sah vor dem Haus eine Katze, nein, keine Katze, sondern ein junges Kätzchen, gelb und schneeweiß von Farbe. Durchs Fenster, welches geschlossen war, sah ich eine gute alte Frau an der Nähmaschine sitzen und fleißig nähen. Ganz entzückt von dem lieben kleinen Kätzchen blieb ich stehen, um das Tier sorgfältig zu betrachten, welches da ganz still saß, den Schwanz zwischen die Vorderpfoten geringelt. Die Frau sah, daß da ein fremder Mann so still stand, sie trat ans andere Fenster, das offen war, und schaute zu mir heraus mit freundlichen Augen. «Ach so», sagte sie, «Sie schauen sich wohl die Katze an.» «Ja», sagte ich. Das Kätzchen schaute zu der Frau hinauf und ließ ein kleines, feines, süßes Miauen vernehmen, wobei es die Zähnchen zeigte. Ich grüßte die Frau und ging weiter. Noch aber bog ich mich einmal zurück und sah, wie das Kätzchen nach einem dürren Blatt haschte. Wie der Wind wirbelte das liebe muntere Tier herum. Wirklich wehte auch gerade der Seewind. Ich kam durch die Stadt, die nur eine einzige, dafür aber breite Straße besitzt. Nun, und da kugelten zwei Jungen am Boden, zwei drollige Jungen, noch nicht einmal für die Schule reif. Was vermag ich noch beizufügen? Nicht sonderlich viel. Ein großes altersgraues Schloß war da, und daneben floß ein Strom. Ich ging heim, und während ich so heimwärts ging, hatte ich immer noch in Gedanken mit dem gelben und weißen Kätzchen zu tun. Wie man doch nur achten mag auf so kleinliche Dinge.

TANNENZWEIG, TASCHENTUCH UND KÄPPCHEN

An einem Vormittag stieg ich den waldbesetzten, steilen Berg hinauf. Es war heißes Wetter, und der Aufstieg kostete mich manchen Schweißtropfen. Der grüne Wald glich an Helligkeit und Schönheit einem Lied. Wie ich oben auf der Höhe ankam, konnte ich so recht frei in die weiße schimmernde Tiefe blicken. Das tat ich, und ich konnte mich an der herrlichen Aussicht gar nicht satt schauen. Wie schön, wie wohltuend ist eine Aussicht von einem hohen Berge. Der Blick schweift in die weite, umflorte, helle Ferne und steigt nieder in die wohllüstige, göttlich-schöne Tiefe. Wundersames Blau war am Himmel. Der Himmel zerfloß in süßem Blau, war ganz getränkt von Blau. Blau und grün und die goldene Sonne stimmen wunderbar zusammen, gleich einem süßen, milden, dreistimmigen, freundlichen Lied, wo jede Stimme sich um die andere schlängelt, wo jede Stimme die andere liebkost und küßt, wo alle drei seligen, glücklichen Stimmen einander umwinden und umschlingen. Ich kam nachher zu einer Bank, mitten im kühlen, grünen, hohen Tannenwald gelegen, und was sah ich darauf liegen? Einen Tannenzweig, ein Taschentüchelchen und ein Puppenkäppchen. Wie stimmte mich nun wieder dieser neue Anblick fröhlich, wo mich vorher der Anblick der Naturhöhe und -tiefe beglückt, berauscht und erheitert hatte. «Ein Kind muß hier gewesen sein und hat diese lieben Zaubersachen hier liegen lassen», sagte ich, indem mich ein Lächeln ankam, zu mir selber. Der grüne Tannenzweig lag auf dem kindlich weißen, zarten und blassen Taschentuch so weich, und das Käppchen, wie lächelte es den aufmerksamen Beschauer so freundlich, so naiv an. «O Gott, o Gott», rief es in mir, «wie ist die Welt durch das Dasein süßer, lieber, unschuldiger Kinder schön und ewig, ewig wieder gut. Daß man doch nie aufhöre und immer wieder von neuem anfange, an die Güte, an die Schönheit, an das Glück, an die Größe und an die Liebe der Welt zu glauben.» Noch warf ich auf Tannenzweig, Taschentuch und Käppchen rasch einen Blick und eilte weiter, denn es ging gegen Mittag, und ich wollte punkt zwölf beim Mittagessen sein.

DER MANN

Einmal saß ich in einem Restaurant am Viehmarktplatz. Es sitzen dort mitunter sehr feine Herren, doch von den feinen Herren will ich nicht reden. Feine Herren bieten gar wenig Interessantes dar. Wollen unterhalten sein, sind selber absolut nicht unterhaltend. Ein Mann saß in einer Ecke, der hatte einen heiteren, gütigen, freien Blick. Seine Augen ruhten wie in unabsehbaren Fernen, in Ländern, die mit der Erde nichts zu tun haben. Der spielte alsogleich auf einer Art von Flöte, daß alle die, die im vornehmen Restaurant saßen, die Augen auf ihn richteten und auf seine Musik lauschten. Wie ein großes, gut gelauntes, starkes Kind saß der Mann da mit seinen sonnigen Augen. Nachdem das Flötenkonzert vorbei war, kam ein Klarinett an die Reihe, welches er nicht minder vortrefflich spielte und handhabte wie die Flöte. Er spielte sehr einfache Weisen, aber er spielte sie vorzüglich. Hierauf krähte er wie ein Hahn, bellte er wie ein Hund, miaute er wie eine Katze und machte er mu! wie eine Kuh. Er hatte sichtlich seine eigene Freude über die verschiedenen Töne, die er zum besten gab, doch das Beste kam hinterdrein, denn jetzt zog er aus einem Henkelkorb, den er unter dem Tisch stehen hatte, eine Ratte hervor und spielte liebes Kindchen mit ihr. Er gab der Ratte von seinem Bier zu trinken, und es zeigte sich deutlich, daß Ratten sehr gerne Bier trinken. Ferner steckte er das Tier, vor dem alle vernünftigen Menschen einen so entschiedenen Abscheu haben, in die Rocktasche, und zu guter Letzt küßte er es auf sein spitziges Maul, wobei er fröhlich vor sich hin lachte. Eigentümlich war der Mann mit dem versonnenen, verlorenen Ausdruck in den glänzend-klaren Augen. Ein Freund der Musik und ein Freund der Tiere war er. Sehr sonderbar war er. Er machte auf mich einen tiefen, zum mindesten doch nachhaltigen Eindruck. Überdies sprach er sehr gut französisch.

DAS PFERD UND DIE FRAU

Daß ich zwei kleine Erinnerungen aus der Großstadt doch nicht vergesse niederzuschreiben. Die eine betrifft einen Pferdekopf, die andere eine alte arme Streichholzverkäuferin. Um beide Dinge, um das Pferd sowohl wie um die Frau ist es Nacht. In einer Nacht, wie in so vielen anderen Nächten, die bereits verbummelt und in das Vergessen hinabgeschüttet waren, zog ich im eleganten, gleichwohl aber nur geliehenen Überzieher durch die Straße, als ich an einer der belebtesten Stellen ein Pferd, das vor ein schweres Fuhrwerk gespannt war, erblickte. Das Pferd stand still da im undeutlichen Dunkel, und viele, viele Menschen eilten an dem schönen Tier vorüber, ohne ihm eine Spur von Aufmerksamkeit zu schenken. Auch ich eilte, ich hatte es sehr eilig. Ein Mensch, der bestrebt ist, sich amüsieren zu gehen, hat es stets furchtbar eilig. Doch betroffen durch den wunderbaren Anblick des weißen Pferdes in der schwarzen Nacht blieb ich stehen. Die langen Strähnen hingen dem Tier herab bis zu den großen Augen, aus denen eine unnennbare Trauer schaute. Unbeweglich, als sei es eine weiße Geistererscheinung, aus dem Grab herausgestiegen, stand das Pferd da, mit einer Ergebenheit und Duldung, die an Majestät mahnte. Doch weiter riß es mich, denn ich wollte mich ja amüsieren. Auch in einer anderen Nacht war ich auf dem Sprung in das nichtswürdige Vergnügen. Allerlei Lokale hatte ich bereits durchstreift, da bog ich in eine finstere Straße hinein, und da rief's mich aus dem Dunkel an: «Streichhölzchen, mein junger Herr.» Eine alte arme Frau hatte dermaßen gerufen. Ich blieb stehen, denn ich war gerade voll herzlich guter Laune, griff in die Westentasche nach einem Geldstück und gab es der Frau, ohne ihr von ihrer Ware etwas abzunehmen. Wie sie mir da dankte und mir Glück in die dunkle Zukunft wünschte. Und wie sie mir ihre alte, kalte, magere Hand darreichte! Ich ergriff die Hand und drückte sie, und froh über das kleine Erlebnis lief ich meinen Weg weiter.

DIE HANDHARFE

Ich stand in der finsteren, sternenlosen Nacht an einer Straße, die hinauf ins Gebirge führt. Da kamen mit Musik und lustigem Gespräche drei Knechte oder Burschen an mir vorüber und gingen im kecken Taktschritt weiter. Bald umfing sie die Finsternis, und ich sah schon nichts mehr von ihnen, aber die Handharfe, welche einer von den dreien kunstgerecht spielte, drang zurück aus dem Dunkel und bezauberte mein Ohr. Im Spiel der Handharfe sind bisweilen simple junge Leute große Meister. Dieses Instrument bedarf einer starken, festen Faust, und hieran lassen es Burschen aus den Bergen gewiß nicht fehlen. So stand ich denn und lauschte. Der prächtige, königliche Ton, sanft, groß und warm, ging mit den Burschen in immer weitere Ferne. Sie mochten jetzt im Walde angelangt sein, der Ton wurde weicher und leiser, in Wellen stieg er auf und nieder. Ich dachte über einen Vergleich nach und verglich den Klang mit einem Schwane, der tönend durch die Finsternis gleite. Bald war alles still. In den Berggegenden ziehen die Knechte gerne handharfespielend vor die Häuser, in denen ihre Mädchen wohnen. Auch die drei Burschen gingen zu einem Mädchen.

DIE FEE

Ein armer, junger Wanderbursche, eine Art umherziehender Dichter, kam auf einer seiner wilden Wanderungen vor ein artiges, graziöses Schlößchen, das ganz im leichten, hellen, süßen Frühlingsgrün versteckt war. Aus einem Fenster schaute eine Frau und weil der junge Mann so still stand und zu ihr aufschaute, so gefiel es der Dame, die eine Fee oder etwas Feeähnliches war, zu ihm zu sagen, er solle doch zu ihr hineinkommen. Das tat der Bursche, und aufs Allerfreundlichste hieß ihn die schöne Frau willkommen. «Bleibe doch bei mir», sagte sie zu ihm, «was willst du nur immer weiter und weiter wandern?» Eine Zeitlang blieb der Bursche bei ihr, eine Zeitlang gefiel ihm das Leben bei der süßen, lieben, hohen Fee. Doch bald stellte sich in seiner Brust die Wandersehnsucht wieder ein. Er wurde traurig, und er kam sich wie versteinert vor. Das Marschieren fehlte ihm. «Was hast du? Gefällt es dir nicht mehr bei mir?» fragte die Frau den Veränderten. Er gab aber keine Antwort, sondern schaute zum Fenster hinaus in die grünliche, bläuliche Ferne, wo für ihn der ganze Genuß des Daseins lag. Die Fee wollte ihn küssen, doch er wich dem Kusse aus. Sie ging aus dem Zimmer und weinte. Das ging so eine Weile, bis endlich der Bursche eines frühen Morgens reisefertig vor der lieben Dame stand, um Abschied von ihr zu nehmen. Göttliches, bezauberndes Morgenrot brannte am Himmel, und die Vögel auf den grünen Zweigen sangen so verführerisch. «Ich will, ich muß gehen», sagte er, «ich muß wieder hinauswandern in die weite Welt. Ich sterbe hier, ich fühle es. Ich muß meine Beine brauchen. Ich muß Landstraßenluft einatmen, und wenn auch das

Essen noch so schlecht ist, so will ich doch lieber wieder im dürftigen Speisehaus essen als hier im reizenden Schloß, wo ich träge bin. Lassen Sie mich ziehen und haben Sie Dank für die vielerlei Freundlichkeit, die Sie mir zu genießen gegeben haben.» So sprach der unkluge Bursche, und ohne auf das zu achten, was die Fee sagte, ging er weg, und indem er wegging, sang er mit lauter, frischer, fröhlicher Stimme ein Burschenlied in die offene, schöne, warme Welt hinein. Weg war er, und die Fee hat ihn nie mehr wieder gesehen.

KLEINE WANDERUNG

Ich lief heute durch das Gebirge. Das Wetter war naß, und die ganze Gegend war grau. Aber die Straße war weich und stellenweise sehr sauber. Zuerst hatte ich den Mantel an; bald aber zog ich ihn ab, faltete ihn zusammen und legte ihn auf den Arm. Das Laufen auf der wundervollen Straße bereitete mir mehr und immer mehr Vergnügen, bald ging es aufwärts und bald stürzte es wieder nieder. Die Berge waren groß, sie schienen sich zu drehen. Die ganze Gebirgswelt erschien mir wie ein gewaltiges Theater. Herrlich schmiegte sich die Straße an die Bergwände an. Da kam ich hinab in eine tiefe Schlucht, zu meinen Füßen rauschte ein Fluß, die Eisenbahn flog mit prächtig weißem Dampf an mir vorüber. Wie ein glatter, weißer Strom ging die Straße durch die Schlucht und wie ich so lief, war's mir, als biege und winde sich das enge Tal um sich selber. Graue Wolken lagen auf den Bergen, als ruhten sie dort aus. Mir begegnete ein junger Handwerksbursche mit Rucksack auf dem

Rücken, der fragte mich, ob ich zwei andere junge Burschen gesehen habe. Nein, sagte ich. Ob ich schon von weit her komme? Ja, sagte ich, und zog meines Weges weiter. Nicht lange, und so sah und hörte ich die zwei jungen Wanderburschen mit Musik daherziehen. Ein Dorf war besonders schön mit niedrigen Häusern dicht unter den weißen Felswänden. Einige Fuhrwerke begegneten mir, sonst nichts, und ein paar Kinder hatte ich auf der Landstraße gesehen. Man braucht nicht viel Besonderes zu sehen. Man sieht so schon viel.

WIRTSHÄUSELEI

Eines Tages, im heißen Sommer, geschah es, trug es sich zu und machte es sich, daß ich mich ganz furchtbar für Gaststuben interessierte. Ich weiß nicht, ob es ein Zauberspuk war, genug, es zog mich bald in dieses, bald in jenes Wirtshaus hinein. Meistens sind ja die Wirtshäuser auch gerade so schön bequem an der Straße gelegen. Und kurz und gut, ich kehrte dir, lieber Leser, da und dort hübsch artig und solid ein. Ich bin sonst ein sehr, ein sehr solider Mensch, doch an diesem Tag erreichte ich den Gipfel alles dessen, was handwerksburschenhaft und unsolid ist. Wie eine Leidenschaft war es über mich gekommen, daß ich alles, was einem «Schwanen», einem «Löwen», einem «Bären», einer «Krone» oder einem «Rebstock» ähnelte, untersucht und erforscht haben mußte. Bald war es ein Zweier, bald ein Dreier und bald ein halber Liter, was ich trank, und ich trank mit dem größten Vergnügen beides, Rot- wie Weißwein. Wollte ich ein Weinkenner werden? Lag eine dunkle Absicht in mir, mich zum Weinhändler und -schmecker auszubilden? War das Ganze eine Phantasie? Ein Traum? Nein, nein, es war Wirklichkeit. Die Sonne, o wie lächelte sie so süß auf den heiter-blauen Tag herab, den ich vertrank. Und so ging es von einer Einkehrsgelegenheit recht manierlich in die nächstbeste andere. Es war ein Einkehren und draus wieder Herausfegen, und als die Sonne untersank, hatte ich etwas so Schönes, etwas so rätselhaft Schönes im Besitz. Etwas Herrliches hatte ich mir zu eigen gemacht. Ich besaß Reichtümer, unerhörte Reichtümer, es flimmerte und tanzte mir vor den Augen. Kaum vermochte ich noch zu gehen, so stark drückte eine holde, reiche Last auf mich herab. Das Gehen kam mir wie ein fremdartiges, unbegreifliches Etwas vor, und eine Lust war in mir, umzufallen und friedfertig am Boden liegen zu bleiben. Was hatte, was hatte ich denn nur jetzt? Was war's, was ich an mich gerissen, was ich mir erobert hatte? Ich besann und besann mich, aber ich vermochte es mir nicht zu erklären.

DER MORGEN

Gestern bin ich früh aufgestanden. Ich schaute zum Fenster hinaus. In der Ferne, über dem Waldrücken war der Himmel glühend rot. Es war noch vor Sonnenaufgang, die Welt war kalt und dunkel. Das Hochgebirge zeichnete sich mit seinen zackigen Gipfeln herrlich-groß und dunkel im brennenden Morgenrot ab. Ich zog mich rasch an, und ging hinunter, um in den wundervollen, frischen Wintermorgen hinauszugehen. Der ganze Himmel war voll rötlichen Gewölkes. Im Dorf, das nur wenige Schritte von unserer Stadt entfernt ist, war die glänzende, rosige

Straße voll Schulkinder, die eilig zur Schule liefen. Rührend erschienen mir die zahlreichen jungen Gestalten in ihrer Emsigkeit in dem goldenen Morgen, der silberig glänzte. Eine seltsame, jugendliche Klarheit wehte, gleich einem frischen Wind, durch die Gasse. Auch wehte ja der Morgenwind und einige welke Blätter fingen über die Straße an zu tanzen. Prächtig schimmerte der Glanz des Göttermorgens durch die Äste der kahlen Bäume. Ich atmete aus voller Brust die köstliche Luft ein, einige Häuser schimmerten grünlich, andere strahlten in süßem, reinem Rosarot, und das Grün der Wiesen war so frisch. Aus der Nacht und ihrem Dunkel war alles hell und unsäglich freundlich aufgestanden. Die Gesichter der Menschen leuchteten so morgendlich. Die Augen blitzten und glitzerten, und am Himmel schimmerten noch die Sterne in überirdischer, verzehrender Schönheit. Überall ein Glanz und ein Wind. Der Wind fegte daher wie jugendliche Hoffnung, wie neue, nie empfundene Zuversicht. Alles bewegte sich, die Wäsche flatterte und knatterte, der Eisenbahnrauch flog auf und verlor sich. Auch ich verlor mich. Ich war wie verzaubert, wie neu geboren, und voll Entzücken schaute ich zum Morgenrot hinauf, wo das selige, goldene Gewölke schwamm. In Herrlichkeit und in Seligkeit zerrinnend löste es sich auf, und da trat die Sonne hervor, der Tag war da.

DER AUSFLUG

Ich ging aus der Stube auf die Straße. Es war zu schönes Wetter, ich vermochte nicht das schöne Wetter zu betrachten und dabei zu Hause zu bleiben. Mild wie ein kleines, artiges Kind sah die Welt aus, so still und hell, so freundlich-grünlich. Gravitätisch und ernsthaft schritt ich vorwärts wie einer, der einen wichtigen Gang zu machen hat, etwa wie ein sanfter, gesetzter Steuereinnehmer oder fast wie ein Notar, der über das Land läuft. Es ist mir zur Gewohnheit geworden, stets so aufzutreten, wie wenn ich Wichtiges und Nützliches im Sinne hätte. Man sieht gut aus so, und die Leute achten einen. Beim Bahnübergang mußte ich warten, aber ich blieb ganz gern eine kleine, feine Weile stehen. Alsdann und so ging es weiter, durch ein Dorf, das ganz in Lieblichkeit gebadet dastand, durch einen Wald, zum Wald wieder hinaus über ein Feld durch ein anderes Dorf. Stellenweise war der Weg recht pappig, breiig und schmutzig. Da tat ich, als sei ich weiß wunder wie entsetzt über die Unreinlichkeit, wie der feinste Herr der Welt. Das Dorf war groß und schön, und da stand auf der grünen sanften Anhöhe ein Bauernhaus, eine rechte Pracht von einem Haus. Spielende Kinder auf der Landstraße und alles so leise, so dunkel, so hell und so weich. Es war, als erwarte die ganze Welt etwas Liebes und Schönes, stehe darum so zart da, so still. Das Dorf hatte ein so kluges, gescheites Aussehen, und das Wirtshaus stand so imposant an der Straße, daß ich recht ordentlich Respekt vor ihm bekam und kaum an ihm aufzuschauen wagte. Auch war die gestrenge Ortspolizei in nächster Nähe, bei deren Anblick ich mir so eigentümlich vagabundenhaft vorkam. O das Gehen in die weite, saubere, stille Welt hinein ist eine Königslust. Ein zweites Dorf tauchte bald danach auf. Dann ging ich den Berg hinauf. Auf dem Berg oben stand in der Waldlichtung ein wunderschönes, altes Gehöfte, so stolz, still und einsam. Bald ging ich wieder bergabwärts, durch den winterlich kahlen Wald. Abends war ich zu Hause, gerade schön pünktlich zum Abendessen. Ich bin und bleibe halt ein sonderbarer Freund der Pünktlichkeit.

SCHNEE

Wir haben hier Schnee, lieber Freund, soviel du begehrst und du Lust hast. Das ganze Land ist dick mit Schnee bedeckt. Wohin man blickt: Schnee; Schnee da und Schnee dort. Auf allen Gegenständen liegt er, und die Leute unserer Stadt, groß und klein, werfen sich, um sich ein Vergnügen zu machen, Schneebälle an. Die Kinder können soviel Schlitten fahren als sie wollen, und das wollen sie gern. Gestern stieg ich im Schnee den Berg hinauf, und je höher ich kam, um so tiefer watete ich im tiefen, weichen Zeug. Nicht nur die Zweige und Äste der Bäume, sondern auch die hohen Stämme waren mit der weißen Last bedeckt. Es war nämlich Schneesturm gewesen, und da fegte aus Westen das tolle Schneewesen daher, als wolle es von seitwärts die Welt mit Weiß überschütten. Nimmt mich wunder, daß nicht Haus und alles zugedeckt worden ist. Immer höher in den verschneiten Wald hinauf stieg ich. Es ging nicht ab ohne einiges Ächzen, denn im frischen tiefen Schnee läuft sich's schwer. Ich zog den Hut vom schwitzenden Kopf ab wie im Sommer, und mein Wintermantel wurde mir lästig. Da hörte ich Axtschläge. Ein junger Bursche stand ganz allein in der weißen, abendlichen Waldeinsamkeit und machte sich mit einer Tanne zu schaffen. Weiterhin und so stieß ich auf ein sonderbares unerwartetes Hindernis. Zwei große Tannen, vom Sturm zu Boden gerissen, lagen ihrer stattlichen Länge nach mitten im engen Waldweg und versperrten denselben mit ihren weitausgreifenden Ästen. Doch ich arbeitete mich wacker durch und ging weiter. Schon wurde es finster im weißen Zauberwald. Da ging ich bergabwärts, durch all den Schnee. Einmal warf es mich um, daß ich im Schnee saß, als habe ich mich zu Tisch setzen wollen, um zu soupieren. Ich raffte mich auf, mußte lachen und beschleunigte den Heimweg.

DER BLICK

Eines Tages, im Sommer, es war in der Mittagsstunde, und ich ging langsam nach Hause, um zum Essen zu gehen, begegnete mir in der Gartenstraße des Villenquartieres, durch welches ich meine Schritte lenkte, in all der Hitze und in all der Stille, die auf der menschenleeren, hellen, ja, man muß sagen, grellen Straße herrschte, eine so sonderbare Frau, als je eine vor kürzerer oder längerer Zeit mir konnte begegnet sein. Müde und matt, so, als sehne sie sich im tiefsten Innern nach einer Befriedigung und Sättigung, schritt sie auf der andern Seite der Straße daher und indem sie mir näher kam, entdeckte ich an der edlen Haltung, die sie nachlässig und fast verächtlich zur Schau trug, eingeborener Gewohnheit gehorchend, und an den kostbaren Kleidern, daß sie von vornehmem Stande sein müsse. Sozusagen träge und eine halbe Interessiertheit ins Auge legend, schaute ich die fremde Dame kühl und ruhig an; sie jedoch strafte mich, den sie ebenfalls anschaute, mit einem langen und tiefen Blick voll Stolz und Klage. Es wollte mir später vorkommen, als sei der Blick der schönen, stolzen, unglücklichen Frau, bevor er mich getroffen habe, in den Himmel gedrungen und von hoch oben herab auf mich gefallen, und noch heute sehe ich ihn, dunkelbraun und voll Glut, auf mich gerichtet, den Blick der Frau.

DER HEIDENSTEIN

In dem Wald, der, weil er so schön ist, mich immer wieder zu sich zieht, steht unter den hohen, schlanken, ernsten Tannen ein Stein, den die Leute den Heidenstein nennen, ein schwärzlicher, moosüberzogener Granitblock, auf welchen oft die Schulknaben klettern, ein wundersamer Zeuge aus uralten, wundersamen Zeiten, bei dessen sonderbarem Anblick man unwillkürlich stillsteht, um über das Leben nachzudenken. Still und hart und groß steht er inmitten des lieben grünen heimeligen Waldes da, gewaschen von unzählbaren Regengüssen, versteckt im Bereiche der schweigenden treuherzigen Tannen, Bild der Vergangenheit, Ausdruck der schier ewigen Beständigkeit und als ein Beweis vom unausdenklichen Alter der Erde. Oft schon bin ich vor dem schönen Stein stillgestanden, den zwei alte wunderliche Tannenbäume zieren, die auf dem ehrwürdigen Gestein Platz zum kräftigen Wachstum gefunden haben. Auch heute habe ich ihn wieder gesehen, und indem ich ihn so sah, sprangen mir folgende leise für mich hingemurmelte Worte über die Lippen: «Wie schwach und weich und leichtverletzlich ist doch das Menschenleben, verglichen mit deinem Leben, du alter, unzerstörbarer Stein, der du lebst vom Beginn der Welt an bis heute, der du leben und stehen wirst bis an das fragwürdige Ende alles Lebens. Dich scheint das Alter eher zu festigen und zu kräftigen, als anzugreifen und zu schwächen. Rings in der Gegend sterben die empfindlichen Menschen. Geschlechter folgen auf Geschlechter, die, Träumen ähnlich, und dem bloßen, zarten Hauch verwandt, auftauchen und verschwinden. Dir ist keine Schwäche bekannt. Ungeduld ist dir fremd. Gedanken rühren dich nicht an und das Gefühl tritt nicht bis zu dir. Und doch lebst du, bist lebendig, führst dein steinern Dasein. Sage mir, lebst du?» – Voller sonderbarer Fragen, voller Ahnungen entfernte ich mich von dem merkwürdigen alten, trotzigen, steinharten Gesellen, und ich hatte das Gefühl, als sei er ein Zauberer, als sei der Wald durch ihn verzaubert.

DER WALDBERG

Ich bin um den einen von den beiden länglichen Waldbergen, die unserer Stadt naheliegen, herumgegangen, wobei ich drei bis vier freundliche, kluge, stille und sehr, sehr liebe Dorfschaften zu streifen, zu berühren und zu passieren hatte. Wie ich mich entsinne, war das Wetter ein winterliches-freundliches. Indessen ließ die Landstraße da und dort an Sauberkeit und schöner, feiner Glätte zu wünschen übrig, was als großes Unglück nun auch nicht gerade bezeichnet werden kann. Gibt es ja doch Schuhputzer, die einem später das stark in Anspruch genommene Schuhwerk wieder reinigen und in Ordnung setzen können. Die Welt gewährte einen grünen, hauchartigen Anblick. Die Farben waren sehr zart, und was die Formen und Erscheinungen betrifft, so begegneten mir auf der Straße einige Fuhrleute mit Fuhrwerken, sowie eine alte behäbige, korbdahertragende Bauersfrau und ein städtischer mürrischer Händler. Zur linken Seite hatte ich fortlaufend und mit mir, dem Fußgänger, gleichsam weitermarschierend, den Waldberg, während zur Rechten sich eine zarte, schöne Ebene erstreckte, mit Feldern und Äckern und Moorlandschaft. Ein kleines Landstädtchen mit Kirchturm in der Ferne und ein Stück Fluß, und in einiger Nähe drei Frauen, die im Feldweg arbeiteten. Sie lachten und redeten miteinander, als sie den einzelnen Wanderer so wacker und fleißig dahermarschieren sahen. Ich muß und will gerne gestehen, daß ich, wenn ich schon einmal marschiere, es mit einem gewissen sichtlichen Eifer und Ernst tue, daß mir jedermann anmerkt, wie ich dabei genieße, eine Offenherzigkeit, für die ich mich nicht schelten möchte. Ich kam nun in ein Dorf und trat ohne viel Besinnen ins heimelige, einladende Dorfwirtshaus, wo ich mir ein Glas Bier geben ließ. Nicht lange, und so traten zwei der schönsten Bauerntypen herein, der eine langnasig und mittelalt, der andere so alt und dabei so fröhlich, wie nur ein alter, steinalter Landmann sein kann, der auf ein Leben voller Arbeit und Mühsal gütig und heiter zurückblickt und fast – herabblickt. Der Langnasige hatte eine Tabakspfeife im Munde so trefflich eingeklemmt, daß es aussah, als sei die Pfeife ein Teil des Gesichtes. Sein Gesicht war das schönste Tabakspfeifengesicht, das ich je sah, und es war unmöglich, sich das Gesicht ohne Pfeife vorzustellen. Die beiden wackeren kernigen Erscheinungen setzten sich, nicht ohne vorher ein wenig sich zu besinnen, zu mir an den Wirtstisch und verlangten vom Mädchen ein Bäzzi- oder sogenanntes Drusenwasser. Ich erkundigte mich sogleich nach der Beschaffenheit ihres Schnapses oder Branntweines, und beide Leute beeilten sich, mit mir zu konversieren, was eine gar freundliche und erquickliche Unterhaltung abgab. O es ist so ernst, so schön, mit Menschen zu reden, die es hart haben im Leben. Der alte Bauer war niemand anders als der Dorfälteste. Wie rührend erschien er mir. Ihm zu Ehren trank ich zwei Gläser über den eigentlichen Durst hinaus und verweilte länger im Gasthaus als ich zuerst wollte. Dann ging ich. Ich zog den Hut vor den beiden, und sie beide lüpften oder besser lüfteten die Kappen, und so zog ich hinaus, gleich einem kecken, gutgelaunten Wanderburschen, auf die Straße, auf welcher es bereits Abend war, und nun ging es leise, still und schön in die Welt und nachher in die Nacht hinein. Viele liebe, rötlich-blasse Dorfkindergesichter sah ich noch, und immer war der gute, herzliche, waldige Berg so warm und so heimatanmutig mir zur Seite. Endlich kam ich auf einer feinen runden Straßenwindung um ihn herum. So hatte ich ihn denn umgangen und umlaufen und voller Stolz langte ich rechtzeitig zu Hause an.

ZWEI KLEINE SACHEN

I.

Es muß jedes zuallererst für sich selber sorgen, damit es sich überall leicht und sorglos kann sehen lassen. In dir ist eine Neigung, stets an das andere zu denken und dich selbst zu vergessen. Sagt dir dafür das andere Dank, und kann es das? Man ist nicht gern dankbar. Es will jedes sich selbst das, was es ist, verdanken. «Das verdanke ich mir selbst», sagt eins gern. Indem du nun aber an jemanden bloß nur denkst, hast du ihm noch zu nichts geholfen, dich aber hast du vielleicht schon bedeutend dabei vernachlässigt. Weißt du, daß man die nicht liebt, die sich vernachlässigen.

II.

Ich ging so, und indem ich so meines Weges zog, begegnete mir ein Hund, und ich schenkte dem guten Tier alle sorgfältige Beachtung, indem ich es ziemlich lange anschaute. Bin ich nicht ein törichter Mensch? Ist es denn etwa nicht töricht, eines Hundes wegen sich auf der Straße aufzuhalten und kostbare Zeit zu verlieren? Aber indem ich so ging, hatte ich ganz und gar nicht das Gefühl, daß die Zeit kostbar sei, und so ging ich denn nach einiger Zeit gemächlich weiter. Ich dachte: «Wie ist es doch heute heiß», und es war in der Tat recht warmes Wetter.

HERBSTNACHMITTAG

Ich erinnere mich, einen schönen Nachmittag gehabt zu haben. Ich ging über das Land, einen gemütlichen Zigarrenstumpen im Munde. Sonne strahlte über die grüne Gegend. Im Felde arbeiteten Männer, Kinder und Frauen, der goldene Kanal floß mir zur linken Seite, und zur rechten hatte ich die Äcker vor den Augen. Schlendrig ging ich weiter. Ein Bäckerwagen sprengte an mir vorüber. Sonderbar ist es, daß ich mich auf jede Einzelheit wie auf eine Kostbarkeit so deutlich besinne. Es muß eine große Kraft in meinem Gedächtnisse sein, ich bin froh darüber. Erinnerungen sind Leben. So kam ich denn an manchem stattlich-heiteren und behäbigen Bauernhaus vorbei, die Bäuerin beschwichtigte wohl etwa den Hund, der im Sinne hatte, den Fußgänger und fremden Mann anzubellen. Reizend ist es, still und gemächlich übers Land zu gehen und von ernsten, starken Bäuerinnen freundlich gegrüßt zu werden. Ein solcher Gruß tut wohl wie der Gedanke an die Unvergänglichkeit. Es öffnet sich ein Himmel, wenn Menschen freundlich miteinander sind. Die Nachmittags- und jetzt bald Abendsonne streute flüssiges Liebes- und Phantasiegold über die Straße und machte sie rötlich zünden. Es war auf allem ein Hauch von Violett, aber eben nur ein zarter, kaum sichtbarer Hauch. Hauch ist nichts Fingerdickes zum Greifen, sondern tastet und schwebt nur über dem sichtbaren und unsichtbaren Ganzen als ahnungsvoller Schimmer, als Ton, als Gefühl. Ich kam an einem Wirtshaus vorbei, ohne einzukehren; ich dachte das später zu tun. Im Behaglichkeitstempo schritt ich weiter, ähnlich etwa wie ein sanfter, milder Pfarrer oder Lehrer oder Bote. Manch ein Menschenauge guckte mich neugierig an, um zu enträtseln, wer ich sein könnte. Da wurde es im wunderbaren tönenden Lande immer schöner. Jeder Schritt leitete in andere Schönheit hinein. Mir war es, wie wenn ich dichtete, träumte, phantasierte. Ein blasses, schönes, dunkeläugiges Bauernmädchen, dessen Gesicht von der süßen Sonne überhaucht war, schaute mich mit dem glänzendschwarzen Zauber ihrer Augen fragend an und sagte mir guten Abend. Ich erwiderte den Gruß und zog weiter, zu Bäumen hin, die voller roter, goldener Paradiesesfrüchte hingen. Wundersam leuchteten die schönen Äpfel in der Abendsonne durch das dunkele Grün der Blätter, und über alle grünen Wiesen tönte ein warmes, heiteres Glokkentönen. Prächtige Kühe von brauner, weißer und schwarzer Farbe lagen und standen, zu anmutigen Gruppen vereinigt, über die saftigen Wiesen verstreut, die sich bis zum silbernen Kanal hinab erstreckten. Ich hatte nicht Augen genug, um anzuschauen, was es alles anzuschauen gab, und nicht Ohr genug, um auf alles zu horchen. Schauen und Horchen verbanden sich zu einem einzigen Genuß, die ganze weite grüne und goldene Landschaft tönte, die Glocken, der Tannenwald, die Tiere und die Menschen. Es war wie ein Gemälde, von einem Meister hingezaubert. Der Buchenwald war braun und gelb; Grün und Gelb und Rot und Blau musizierten. Die Farben ergossen sich in die Töne, und die Töne spielten mit den göttlich schönen Farben wie Freunde mit süßen Freundinnen, wie Götter mit Göttern. Nur langsam ging ich unter dem Himmelblau und zwischen dem Grün und Braun vorwärts, und langsam wurde es dunkel. Mehrere Hüterbuben kamen auf mich zu, sie wollten wissen, wie spät es sei. Später, im Dorf, kam ich am alten, großen, ehrwürdigen Pfarrhaus vorbei. Jemand sang und spielte drinnen im Haus. Es waren herrliche Töne, wenigstens bildete ich es mir ein. Wie leicht ist es, auf einem stillen Abendspaziergang sich Schönes einzubilden. Eine Stunde später war es Nacht, der Himmel glänzte schwarz. Mond und Sterne traten hervor.

DER FELSEN

Sommerabend war's. Die Luft war mild. Ein lindes, leises Lüftchen wehte über den Felsen, auf welchem der weiße Pavillon steht. Er gleicht einem kleinen griechischen Tempel, und man kann ihn schon aus weiter Ferne sehen, wie er so schlank aus dem grünen Gebüsch hervorragt. Der Felsen erhebt sich steil über dem Rand unseres Sees. Nur schmale Fußpfade führen über ihn, und daher muß man sorgsam auf die Schritte achtgeben. Heute am schönen Sommerabend standen allerlei stille Leute, Männer wie Frauen, am Geländer beim Pavillon und schauten in die farbige abendliche Tiefe hinunter, wo der See in seinem Glanze lag, von der Wärme und von den Abendwinden umstreichelt. Das Wasser glich einem süßen Spiegel an sanfter schimmernder Unbeweglichkeit, und die da hinabschauten, vermochten mit den Augen kaum aufmerksam und innig genug zu schauen und sich in das schöne große Bild zu versenken. Das warme grüne Ufer hielt den silbernen, goldenen Abendsee wie mit zarten, liebenden Mutterhänden und -armen umschlossen, als sei das Ufer die zärtliche, wachsame Mutter und der See, der einem Traum an Schönheit glich, das unschuldige Kind, an Süße und an Liebreiz mit nichts als allein nur mit ihm selbst zu vergleichen. Alles so weit, still und warm. Der leise Wind wehte aus unbestimmbarer Ferne wie schüchtern daher; er schien sich leise zu freuen über sich selber, er schien kaum recht zu wagen, daherzustreichen, er war wie ein Kind, das sich die zarte, zaghafte Frage vorlegt: «Darf ich wohl, oder darf ich nicht?» Ein Zagen, ein Zittern, ein Schweben, ein Liebkosen, und zugleich alles so groß und so klein, so fern und so nah. Unbeschreiblich und unfaßbar schön war es, wie das Dunkel nach und nach zunahm und die Tageshelle sich in dem dunklen Golde verlor. Wie ein Gedanke sich verliert in einen anderen, schwand der reiche, stolze Sommertag dahin. Zweierlei Gemälde kämpften miteinander. Ich schlug mich durch das dunkelgrüne Eichengebüsch, das im Abendlichte goldig schwamm, und kam zu einer Gruppe anmutig lagernder junger Burschen, von denen einer sagte: «Es ist ein milder Abend heute.» Aus dem See herauf klangen Stimmen und Liedertöne, und dazwischen drang der Ton einer Handharfe warm und wundersam zum Felsen hinauf, von welchem aus man die Boote und Gondeln unten auf dem lieben Wasser hin und her gleiten sehen konnte. Auf einem Felsvorsprung, der ein kühnes, graziöses Lustplätzchen bildete, lagen ein Mädchen und ein Bursche eng beieinander, die sich in der Sommerabendschönheit glücklich fühlten und sich mit leisem, zweistimmigem, süßem Singen und mit Händedrücken und mit fortwährendem Einander-Anschauen die Zeit vertrieben. Ich blieb stehen, um zu lauschen, was sie sich zu sagen haben mochten. Doch sie redeten kein Wort. Ganz in ein Schauen, in ein Sein und in ein Fühlen versunken, lagen sie da, ganz nur Genuß, ganz nur Genügen und Vergnügen. Jetzt küßten sie sich, und es sah aus, als wollten sie durch die ganze liebe warme Sommernacht an dem Kusse hängen bleiben. Ich strich mich weg, tiefer in das dunkele Gestrüpp, welches mir mit seinem Laub das Gesicht berührte. Es war jetzt Nacht geworden.

DIE EISENBAHNFAHRT

Ich saß im Eisenbahnwagen. Es war so hell, appetitlich und still darin. Gleichsam achtungsvoll und so säuberlich stiegen die lieben einfachen Leute in den Wagen. Wer redete, der tat es ruhig und freundlich, wollte nicht prunken und auffallen damit. Einige der Männer rauchten Zigarrenstumpen. Auch ich rauchte. Ein paar junge Soldaten waren da, die sich gar nicht lärmend benahmen, vielmehr dasaßen wie artige Kinder. Sie machten aber einen durchaus soldatischen Eindruck. Die Kraft liebt zu ruhen, und die erlittene starke Anstrengung verhält sich gern still. So leis war es und ging es zu im Eisenbahnwagen. Alsbald setzte sich der Zug ganz fein und vorsichtig in Bewegung, als sage er: «Nur hübsch ruhig. Wir gelangen schon ans Ziel.» Wie schön war diese Fahrt; ich werde sie nie vergessen. Warum vergißt man dieses nie und anderes so bald? Das ist sonderbar und doch wieder leicht begreiflich. Sacht und sanft also rollte unser Wagen nun hinaus ins grüne, freie Weite. Die Welt sah so weit und doch zugleich so nah, klein und eng aus. So wunderbar hell war's. Die höheren Bergketten hatten noch Schnee; die Ebene aber duftete und grünte schon wie so recht mitten im lieblichen Frühling. Etwas Frühlingshaftes rumorte mir im Herzen. Ich war glücklich und wußte nicht warum. Am schönsten erschien's mir, zu sehen, wie friedlich alle meine Reisegenossen im Wagen saßen. Heiterkeit und ein gesunder warmer Zweck drückte sich auf ihren Gesichtern ab, und die Gesichter, wie waren sie so hübsch verschieden. Wir fuhren über eine Brücke. Manierlich baten die Bahnbeamten um die Fahrkarten. Ich hätte schwören mögen, nie so honette, brave Leute gesehen zu haben. Ich schaute immer aufmerksam aus dem Fenster, so recht der Welt, die da draußen sich weit und breit erstreckte, ins große gute Auge. Bauernhäuser und -gärten und weiße Landstraßen, Felder und grüne üppige Hügel und die lieben dunklen Wälder. Es sah alles so sauber, so wohnlich, so wohlhabend aus. Der Himmel zeigte ein schüchternes, feines Blau, und weiße Wolken zogen aus der Nähe in die Ferne und aus der Ferne in die Nähe. Es wechselte alles ab. Alles war Gleichheit, Ähnlichkeit und doch auch Abwechslung. So ist es für mich am schönsten. Ich will nicht verblüfft, sondern gern nur still immer wieder überrascht sein. Auf einer ländlichen Station stiegen Bauersleute ein, stattlich angezogen mit dem Sonntagskleid. Im Wesen und Benehmen des Bauern lag es wie kluge, einfache Feierlichkeit, und die Bäuerin war geradezu schön zu nennen durch einen Zug von Zurückhaltung, den sie höchst angenehm zur Schau trug. Weiter ging's. Artig und gedämpft lief und dampfte es vorwärts. Es war kein Rasen. Auch mit Gemächlichkeit wird ein Ziel erreicht. Grad erst recht. Ah, das war eine recht, recht schöne Eisenbahnfahrt, das! Ich will sie warm betten in die Erinnerung, daß sie mir noch oft in Gedanken vor dem Gesicht erscheinen mag.

DAS LACHEN

Ich habe ein himmlisches Lachen gehört, ein Kinderlachen, ein wunderbares Gelächter, ein ganz feines, silberreines. Ein göttliches Kichern war's. Ich kam gestern, Sonntag, gegen sieben Uhr heim, da hörte ich's, und ich muß hier unbedingt Bericht davon erstatten. Wie arm in ihrem Ernst und mit ihren trocken-ernsthaften Mienen sind die Erwachsenen, die Großen. Wie reich, wie groß, wie glücklich sind die Kleinen, die Kinder. Ein so volles, reiches, süßes Glück lag im Lachen der zwei Kinder, die neben einer Erwachsenen einhergingen, eine so überschwengliche, reizende Freude. Sie waren ganz Seligkeit, indem sie sich dem Lachen hingaben. Ich lief absichtlich langsam, damit ich sie recht lange lachen hören könne. Ein Genuß war's für sie, sie genossen die ganze Köstlichkeit, die in einem Lachen liegen kann. Sie konnten gar nicht aufhören mit Lachen, und ich sah, wie es sie schüttelte. Sie krümmten sich förmlich darunter. O, so rein war's, so ganz nur kindlich! Worüber sie vielleicht am unbändigsten und am lieblichsten lachten, war die strenge Miene, die das erwachsene Fräulein neben ihnen zu ziehen für nötig erachtete. Des großen Mädchens Ernst gab ihnen am meisten zu lachen. Doch endlich, von so viel liebreizender Lustigkeit hingerissen, lachte auch die Gemessene, die Ernste und die Große. Sie war besiegt von den Kindern und lachte nun wie ein Kind mit den Siegerinnen, den Kleinen. Wie sind über die Grämlichen die Glücklichen Sieger! Die zwei Kinder lachten in ihrer Unschuld über alles, über Heutiges und Gestriges, über dieses und jenes, über sich selber. Sie mußten über ihr eigenes Lachen lachen. Ihr Lachen kam ihnen immer lächerlicher, lustiger vor. Ganz deutlich fühlte und hörte ich's. Ich pries mich glücklich, daß ich das Glöckchenkonzert, das Lachkonzert anhören durfte. Die ganze Straße entlang lachten sie. Sie wollten fast umfallen, sich fast auflösen und zergehen vor Lachen. Alles an ihnen, den lieben glücklichen Kindern, lachte mit, die Köpfe, die Glieder, die Hände, Füße und Beine. Sie bestanden ganz nur noch aus Lachen. Wie schimmerte und glitzerte die Lachlust in ihren Augen! Ich glaube fast, sie mußten so gräßlich, so grausam, so anhaltend lachen über einen dummen, kleinen Jungen. So schelmisch und wieder so schön war's, so rührend und so ausgelassen. Wahrscheinlich war der Lachanlaß nur ganz geringfügig gewesen. Kinder sind eben Künstler im Erfassen eines Grundes, recht selig zu sein. Ein kleiner, leiser Vorfall mag es gewesen sein, und da machten sie eine große Geschichte daraus, hingen solch ein langes, großes, breites, üppiges Lachen daran. Kinder wissen, was sie glücklich macht.

DER BERG

Ohne dich einer Anstrengung zu unterziehen freilich gelangst du nicht hinauf auf den schönen Berg. Doch ich bilde mir ein, daß du die Arbeit des Besteigens nicht scheuen wirst. Heller, warmer, ja sogar heißer, heiterer Sommermorgen, Sommervormittag ist es, und die Welt, soweit du zu schauen vermagst, besteht aus einem Meer, aus einem Strom, aus einem Hauch von Blau und Grün. Oftmals bleibst du eine kleine Weile stehen, um Atem zu schöpfen, dir den Schweiß vom Kopf abzuwischen, und hinunter in die Tiefe zu blicken. Nun wirst du mir erlauben, zu denken, du seist oben auf dem grünen, weichen und breiten Bergrücken glücklich und freudig angekommen, wo dich auch gleich kühle, reine Bergluft umweht, die du mit Entzücken einatmest, daß dir die Brust und das Herz sich ausweiten. Göttlich schön mutet dich, lieber Freund, das Stehen auf der erstiegenen Höhe an, und du bildest dir ein, daß du im Genuß der süßen, hohen Bergesfreiheit ertrinken müssest. Ganz wie ertrunken im Meer der köstlichen Luft und im Meer des Bergsteigerglückes kommst du dir vor. Selig bist du, daß du hinabschauen kannst auf die Welt, die dir wie ein heiteres, reiches Gemälde zu Füßen liegt, die da unten liegt und tönt und duftet wie ein Lied, wie ein Gedicht, wie eine Illusion. Langsam gehst du unter Tannenästen und reizendem Buchengrün, welches dich mit seiner frischen Götterfarbe wie mit einem Kinderlächeln anlächelt, auf der Weide weiter, liegst vielleicht eine halbe oder ganze Stunde glückselig und gedankenlos am Boden; erhebst dich wieder und schreitest weiter durch all die ringsverbreitete süße, heiße Melodie von Blau und Grün. Das Grün ist so üppig und saftig, daß du meinst, es sei eine Flut, in welcher du watest, badest, schwelgst. Es ist ein Schwelgen, ein lustumschlungenes Gehen und Lustwandeln in Arkadien. Griechenland ist nicht edler und schöner, und Japan mit seinen Fürstengärten kann nicht lust- und glücküberschütteter sein. Sanft, zart und fern dringt aus der tiefen Menschenebene das Geräusch des tätigen, täglichen Lebens an dein horchendes Ohr herauf, indes deine Augen das blendend schöne und liebe Weiß der Wolke trinken, die wie ein Märchenschiff am blauen Himmel schwimmt. Süßes Girren und Brausen, Summen und Lüftelispeln, und da stehst du, unter all dem Licht, in all dem Licht, zwischen all den Farben, und schaust hinüber zu den Nachbarbergen, welche, Traumfiguren ähnlich, still und groß und gedämpft in die Luft hinaufragen, und du grüßest sie wie Freunde, du bist ihnen Freund, sie sind es dir. Du bist der Freund der ganzen Welt; ans Herz möchtest du ihr sinken, der wunderbaren Freundin. Umschlungen hält sie dich und du sie. Du verstehst sie, liebst sie und sie dich.

SCHWÄRMEREI

Ob ich mit ihr dann den Berg hinaufgehen werde? Nein, ich glaube, es wird schöner sein, ins weiche niedere Land hineinzuspazieren mit ihr. Bergsteigen und Anstrengungen überwinden kann ich, wenn ich allein bin. Mit ihr soll es ein Lustwandeln sein wie in einem angenehmen, weichen, leichten Garten. Zu überreden werde ich sie schon wissen. Sie wird schon zu verführen sein. Will ich sie verführen? Ja! Aber ich will ihr treu sein bis weit, weit hinaus. Treue und Liebe sollen kein Ende nehmen. Wie ich schwärme! Also leise übers grüne Land soll es gehen, durch die sanfte und offenherzige Gegend, an den Menschen, an den Tieren und an den lieben, heimeligen Bauernhäusern vorbei, Bäume stehen links und rechts neben dem Weg in den Wiesen, und weiße Wolken fliegen oder liegen am hellblauen Himmel. Alles ist dort grün, weiß und blau, da und dort das zarte, alte Rot eines Hausdaches, das bis an die Erde herabreicht. Alles hell, alles freundlich, alles still. Nun und so kommen wir, denke ich mir, in einen dunklen, grünen Wald, in ein rechtes Kircheninneres von Wald, wo die hohen, schlanken, zarten Tannen wie Säulen stehen, und wo es kühl ist, daß man leise schauert. Unsere Schritte sind nicht hörbar auf dem tannenreisbelegten, weichen, braunen Boden. Wie ein Sinnbild der Treue und des liebevollen Harrens ist der Wald; bald treten wir aus dem Wald wieder heraus und sehen einen grünen Wiesenhügel mit gelben, länglichen Kornplätzen. Der Wind streicht liebkosend über das Korn und macht es wogen wie Wellen. Es ist so warm, und die Farben sind so süß. Auf dem weißen Weg gehen wir langsam weiter. Jeder Schritt ist ein Erleben, und in jedem Augenblick liegt es wie ein Ereignis. Verständlich, als wenn es ein glückliches Lächeln sei, liegt das Leben da und ist das treue, schöne Land vor unseren Augen ausgebreitet. Da erkühne ich mich, bilde ich mir ein, des Mädchens zarte Hand leise, leise anzufassen, und nun weiß sie auch schon alles, alles. Die Herrliche, sie senkt die Augen, und indem sie das tut, bindet sie mich für immer, schließt sie mich für immer ein in den weichen Kerker. – Ich bin ihr Gefangener. Ich will reden, doch alle Worte, die mir einfallen, genügen mir nicht, und so schweige ich. Eine weiße und rote Rose geht neben mir, das ist sie, sie, deren dunkler, wunderbarer Wunsch nun mein Gesetz, Stern und Regierung ist. Still hat sie gewartet, bis ich käme und sie bäte, Herrscherin zu sein – – –

OSKAR

Sehr früh schon fing er dieses sonderbare Treiben an, daß er auf die Seite ging und ein so ausdrückliches Gefallen am Alleinsein fand. Er erinnerte sich in späteren Jahren deutlich, daß niemand ihn auf solche Dinge aufmerksam machte. Ganz von allein kam es und war es da, das seltsame Bedürfnis, einsam und abgelegen zu sein. Ganz allein aus sich selber holte er den Gedanken, daß es schön sei, sich zu verschließen, um so wieder frische Lust zu gewinnen, und neue Sehnsucht zu empfinden, offen zu sein, und harmlos unter die Menschen zu treten. Es war eine Art Rechnung, die er machte, eine Art Aufgabe, die er sich stellte. In ein armseliges, halbzerstörtes Haus an der Bergstraße war er gezogen; hier bewohnte er ein dürftiges, kleines Zimmer, welches ausgestattet und ausstaffiert war mit einem bemerkenswerten Mangel an Mobiliar. Einheizen ließ er nicht, obgleich es Winter war. Er wollte es nicht behaglich haben. – Rauh und unwirtlich und schlecht sollte es rings um ihn sein. Ausharren und etwas ertragen wollte er. Er befahl sich das. Und auch das hatte ihm niemand gesagt. Er ganz allein war auf die Idee gekommen, die ihm sagte, daß es für ihn gut sei, wenn er sich befehle, Unannehmlichkeiten und Unholdheiten freundlich und gutmütig zu ertragen. Er nahm sich wie in eine Art von hoher Schule. Er ging da, gleich einem absonderlichen, wilden Studenten, in die Hochschule. Es galt für ihn, die Beobachtung zu machen, wie weit er sich erkühnen dürfe, es zu treiben, wie viel er imstande sei, zu wagen. Bisweilen kam das Bangen zu ihm ins Zimmer und streifte ihn mit dem kalten Flor des Verzagens. Aber er war einmal hineingetreten in das Wagnis, absonderlich zu sein, und es mußte so weitergehen, fast ohne daß er es wollte. Wer in die Seltsamkeiten hineingegangen ist, den nehmen sie und führen ihn mit regierenden Händen weiter, reißen ihn fort, lassen ihn nicht wieder los. Einsam verbrachte er die Tage und die Nächte. Zwei kleine Kinder lagen im anderen Zimmer, hart an der Wand. Er hörte sie vielmal kläglich weinen. Ganze lange dunkle Nächte lag er schlaflos da, als sei der Schlaf sein Feind, fürchte und fliehe ihn, und als sei das Wachbleiben sein guter Kamerad, der sich nicht von ihm zu trennen vermöge. Täglich machte er denselben Gang durch die winterlich gefrorenen Wiesen, wobei es ihm war, als befinde er sich auf tagelanger Wanderung durch fremde, unbekannte Gegenden. Ein Tag glich dem andern. Kein junger Mensch würde dieses Leben haben schön finden können. Er aber wollte es einmal so; er befahl sich, daß er diese Lebensweise schön finde. Da er Reize sehen wollte, sah er sie auch, da er die Tiefe suchte, fand er sie, da er Not kennenlernen wollte, gab sie sich ihm zu erkennen. Freudig und stolz ertrug er alle sogenannte Langeweile. Das Einerlei und die eine und selbe Farbe waren ihm schön, und der eine Ton war sein Leben. Er wollte nichts wissen von Langeweile. Es gab keine für ihn. So regierte er sich. So lebte er. Er verkehrte wie mit sinnlich-körperlichen Wesen mit den stillen Frauen, den Stunden. Sie kamen und gingen, und Oskar, so hieß er, verlor nie die Geduld. Ungeduld bedeutete Tod für ihn. Ausdauer, in die er sich mit freiem Willen wohllüstig senkte, war sein menschlich Leben. Süß wie Rosenduft umstrickte und umduftete ihn der Gedanke, daß er arm sei. Er gehörte mit Leib und Seele und mit allen seinen Gedanken und Gefühlen und mit dem ganzen Herzen zu den Armen. Er liebte die versteckten Wege zwischen den hohen Hecken, und die Abende waren seine Freunde. Keinen höheren Genuß kannte er, als den Genuß von Tag und Nacht.

DIE EINFAHRT

Lange Jahre war ich fern gewesen vom lieben alten Land, und nun saß ich mit Landsleuten, mit stillen, bescheidenen Arbeitsleuten zusammen, im Eisenbahnwagen, der mich schon als solcher in der Seele entzückte. Langsam, als sei er die Beute einer tiefen Nachdenklichkeit und als sei es ihm ein Bedürfnis, zögerisch vorzurücken, fuhr der Zug, es war ein Arbeiterzug. Ich war recht froh, daß es ein so stiller Zug war und daß ich jetzt zusammensaß mit den ärmlichen, ernsten Leuten aus dem Volk. Es war mir, als lerne ich wieder mein Volk so recht aus dem Grunde kennen, als fahre ich mit dem Eisenbahnzug in das Herz des Volkes hinein. Abend wurde es. Auf jeder kleinen, dörflichen Station hielt der Wagen an, und liebe, brave, arbeitsame Menschen stiegen ein und aus. Mich beschlich eine wunderbare, angenehme Zärtlichkeit für das Land und für die Leute. Land und Leute öffneten sich mir so still, so groß. Immer größer, immer schöner wurde das abendliche Gebirgslandschaftsbild. Eine zarte, stille Freundschaftsglut bemächtigte sich meines Innern, das mir zu blühen, zu lachen, zu weinen schien. Ich fühlte, wie ein Glanz mir in die Augen kam. Da schaute ich immer hinaus in die Landschaft mit ihren phantastisch-steilen, grünen Höhen und immer fuhr der Zug zart und leise weiter. Ich will die Fahrt nie, nie vergessen. Göttlich-schön war es, wie ich und die andern Leute so still hineinfuhren, hineingleiteten in die Berge, welche mir wie Lieder, wie alte großartige Melodien entgegentönten. Unvergeßlich wird mir das goldig-dunkle Abendgebirge im Sinne bleiben. Still redeten die Insassen des Wagens miteinander, Männer, Jünglinge und Frauen. Die Nation trat mir nah; das Vaterland und sein hoher, goldener Gedanke schwebten mir ums Herz. Lange Jahre war es immer flach und glatt und öd vor meinem Auge gewesen, daß die weite, hoffnungsarme Leere mir die Seele verdorren machen wollte. Jetzt ging es wieder freundlich in die kühne Höhe und sank in reiche, himmlisch-schöne, gedankenvolle Abgründe hinunter. Eine stille Vaterlandeslust brannte in mir und eine alte, süße, wundervolle Liebe wurde wieder wach zu meinem Entzücken. O das war ein schönes Eisenbahnfahren mit mildgesinnten, klugen, ernsten Landsgenossen in die Umschlungenheit hinein. Es umschlang uns mit Felsen und mit Bergen. Liebe, grüne Täler lachten in der Tiefe und von der Höhe herab nickte stolz die edle Tanne. Ich sah das Haus an der Halde stehen und Menschen auf den Wegen gehen, die sich in die Wälder schlängelten. Das Land öffnete die Arme, und ich, ich sank hinein in die Umarmung und war wieder der Sohn des Landes und seiner Bürger einer. Allmählich wurde es Nacht.

DIE VATERSTADT

Der junge, rüstige Reisende langte mit der Bahn in der Stadt an, in der er geboren war. Der Ort erschien ihm lieblich wie nie zuvor. Er trat in einen Zigarrenladen und kaufte sich Tabak. Der Zigarrenhändler entpuppte sich als ein Schulkamerad von ihm. Viele Jahre war der Reisende fort gewesen, wie war er jetzt entzückt, daß in der Heimatstadt alles so schön gleich geblieben. Wundersam, wie ein Kindheitstraum, wo Engelsgestalten sich zu uns niederneigen, erschien ihm das altbekannte Leben und Treiben in den schönen, stillen, feinen Straßen. Dunkle Aprilfarben erfüllten die Luft und überraschend für des Fremdlings Augen war der Glanz, der in der Sphäre und auf allen Gegenständen lag. Etwas Niegesehen-Großes breitete sich deutlich vor ihm aus und ließ ihn Erregungen gänzlich neuer Art empfinden. Er war erregt und beglückt dabei, er zitterte und er hätte dazu lachen und spielen mögen. Es war ihm um die Brust, als sei er, seit er die alte, liebe Stadt betreten, wieder viel jünger und viel gütiger und viel freundlicher geworden. Unbefangen und freundlich schauten die Leute ihn an, ohne ihn lang und scharf und groß anzublicken. So behaglich und frei und warm und köstlich kam ihm alles vor, die Häuser so zierlich, die Bäume so prächtig. Grünliches Treiben und Knospen war schon an den weichen, kräftigen Zweigen sichtbar, und dazu ließen die Singvögel aus allen Gassen und Nebengassen ihren süßen, lieben, einschmeichelnden Gesang vernehmen. Der Reisende schaute und horchte. Horchte, horchte! Er ging nur ganz langsam weiter und blieb immer stehen. Seine Unbefangenheit kämpfte mit einer Art von Bangen und Ahnen, welches sich seiner

Seele bemeisterte. Er fand zuletzt ein Häuschen, das am Felsen angeschmiegt lag. Die Bäume im zierlichen Garten waren so klein. Alles schien zu lächeln, zu lispeln und zu zwitschern. Tiefsinnig-grün schaute ihn ein Stück Wiese an. Er besann sich auf alte längst vergessene Träumereien. Alte Lieblings-Einbildungen erhoben ihr schelmisches, liebliches Geflüster, und die Fenster des Häuschens schienen lustig zu blinzeln wie Augen eines gescheiten Menschengesichtes. Da trat er hinein. In dem Hause wohnte sein alter Vater.

DAS GRAB DER MUTTER

An einem Sonntag, gegen Abend, ging ich zum Friedhof, der nur wenige Schritte von dem Ort entfernt liegt, wo ich wohne. Es hatte kurz vorher geregnet, es war daher alles noch feucht, der Weg, die Bäume. Ich kam in den Totenhof hinein zu den alten, stillen, heiligen Gräbern, und hier empfing mich wie mit süßen, lieben, keuschen Armen ein so schönes, frisches Grün, wie ich es nie gesehen. Leise schritt ich auf dem kiesbelegten Wege vorwärts. Es war alles so still. Kein Blatt bewegte sich, nichts regte und rührte sich. Es war, als lausche alles. Wie wenn das Grün die ringsverbreitete Feierlichkeit empfinde und über das uralte und immer wieder junge Rätsel vom Tod und vom Leben in ein langes und tiefes Sinnen versunken sei, hing es und lag es da in seiner feuchten, wunderbaren Schönheit. Ich habe nie so etwas gesehen. Gewaltig mußte es mich ergreifen, zu sehen, wie der Ort des ernsten Todes und des Schweigens für immer so süß, so grün, so warm war. Kein Mensch außer mir ließ sich erblicken. Außer dem Grün und den Grabsteinen war nichts da. Ich wagte kaum zu atmen in all dieser Lautlosigkeit, und mein Schritt kam mir frech und unzart vor mitten in all dem heiligen, ernsten und zarten Schweigen. Unendlich freundlich und lieblich hing das reiche Grün eines Akazienbaumes über ein Grab herab, bei dem ich stehen blieb. Es war das Grab meiner Mutter. Da schien alles nun zu flüstern und zu lispeln, zu reden und zu deuten. Das lebendige Bild der Lieben und der Verehrten stieg mit seinem Gesicht und mit des Gesichtes edlem Ausdruck sanft und schleierhaft hinauf aus des grünen, stillen Grabes unfaßbarer Tiefe. Lange stand ich da. Doch nicht traurig. Auch ich und du, wir, wir alle kommen einst dahin, wo alles, alles still ist und beschlossen ist und alles aufhört und alles sich auflösen muß zu einem Schweigen.

ABEND

Ich saß in der Wirtsstube zu den drei Tannen still am Tisch wie ein schweigender, denkender, nachrechnender Händler und stand jetzt auf und ging hinaus auf die abendliche Straße, wo der Abendzauber mich mit seinem Dunkel empfing. Das Wirtshaus liegt zart und nah am Waldberg, über welchem jetzt der Halbmond herrlich leuchtete. Auf der Dorfstraße war es unsäglich schön. Einige Helligkeit war am Verschwinden, war noch da, hauchte und schwebte noch da und dort herum. Doch die Sterne erschienen bereits, zwischen großen, warmen Wolken, am dunkleren und dunkleren Himmel. Dunkelheit fing mehr und mehr an zu regieren. Die Leute standen so schön undeutlich da und gingen im Dunkel so schön warm und sanft dahin. Jemand sagte mir freundlich guten Abend. Es war ein Mädchen. Ich vermochte in der zaubervollen Dunkelheit rote Wangen und liebe, helle Augen noch zu unterscheiden. Kinder gingen und spielten über den weichen Weg. Alles war so still, lautlos, freundlich-nachbarlich, gut und groß. Ich wünschte, daß die Zeit zwischen Tag und Nacht, die schöne Zwischenzeit, die liebe, schöne Abendzeit ewig, ewig andauern möchte. Eine Ewigkeit lang Abend. Weiter ging ich. Es war mir, als gehe und trete ich im Land der Poesie selber, so hold und wunderbar kam mir die Welt vor in ihrem zarten Abendmantel. Über allem lag der Schleier der Zartheit und der Verhaltenheit. Mildes, dunkles, süßes Bangen hielt Schritt mit mir, ging neben und hinter und vor mir. Da kam ich über die Brücke. Die großen Wolken sanken hinab in das stille, fließende Wasser und die Sterne zitterten von unten aus dem Fluß herauf, als sei die Natur verwandelt und die ganze Welt verzaubert. Unten und oben, das Vordere und das Zurückgesunkene! Wie trunken von all der Schönheit marschierte ich weiter, ein Glücklicher, ein Berauschter. Ich trank am Bild und hing am Bild des Abends. Da war grad das Wirtshaus zur Brücke, ich ging ohne zu denken hinein, es zog mich so, ich hatte so das Bedürfnis, kaum wußte ich, was ich tat. Als ich wieder draus heraustrat, war es völlige Nacht mit völlig-göttlich-schöner Finsternis. Überall die Lichter nun in den Fenstern. Ich machte, daß ich nach Hause kam, es war Zeit. Auf dem Heimweg sah ich noch eine Frau mit ihren zwei kleinen Kindern. Die blonden Lokken von dem einen Kind gaben einen hellen, frohen Schein im dichten Dunkel, und süß war es für mich, wie mich der Engel mit kindlich-lieber Stimme grüßte. O wie schön ist ein Gruß aus Kindermund in dunkler Nacht.

AN DEN BRUDER

Fast mache ich mir einen Vorwurf, daß ich solch ein Schlenderer, Herumfeger und Spaziergänger bin, aber es ist hier eine so schöne Gegend, ein so heiteres, gut aufgeräumtes und ich möchte sagen gesprächiges Land. Alles ist hell, schön, frei und warm. Land und Leute scheinen sich gleich unbefangen zu geben. Das Land bietet sich dar wie ein artiges, liebes, kleines Kind mit Unschuld-Augen und -Fragen, und mit Unschuld-Farben. Die Farben, mein lieber Maler, sind ein weitverbreitetes Blau und ein ebenso weit ausgebreitetes helles Grün, und dazwischen sind Stellen, die blendend weiß sind, und dann kommt wogendes, duftendes, herzerquickendes Gelb, und das ist das Kornfeld, durch welches der Wind leise weht. Tag und Nacht, Morgen und Abend sind unendlich schön, sind ein Schauspiel, so recht zum Satt-Anschauen. Man wird nie müde, nie satt, nie matt; man ist immer wieder begierig, immer wieder ungesättigt, immer wieder unbefriedigt. Und doch ist zugleich ein wundersamer Frieden und ein so schönes, festes, leichtes Genügen in der Luft. Wenn du spazieren gehst, so gehst du wie in der Luft spazieren und meinst, du werdest zu einem Teil des blauen Hauches, der über allem schwebt. Dann regnet es wieder, und alles Gegenständliche ist dann so naß, feucht und voll süßen Glanzes. Die Leute hier fühlen die Süße und die Liebe, die in der Natur ist, die in der ganzen lebendigen Welt ist. Sie stehen angenehm herum, und ihren Bewegungen ist nachzuspüren, daß sie freie Leute sind. Wenn sie zur täglichen Arbeit gehen, so sieht es nicht aus wie mürrisches Müssen, sondern wie freisinniges Wollen. Sie schlendern so, wenn sie gehen und wenn sie etwas verrichten, so brauchen sie nicht zu hasten, und das bietet ein appetitliches, gesundes Bild dar. Was macht die Hauptstadt mit ihren heftigen Energien? Meine Energie ist hübsch schlafen gegangen einstweilen. Ich gehe sehr energisch baden und träume voller Energie in die blaue Luft hinauf. Ich bin ungemein energisch im Gehenlassen und Nichtstun. Sie rennen sich doch nur oft die Köpfe an Mauern wund mit ihrem ewigen Großes-Verrichten-Wollen. Ich, ich will mich hier wieder recht behaglich zurechtfinden. Ich will gedeihen, ich will wachsen. Das heißt, Bester: ich will es nicht. So etwas darf man nicht wollen, sondern man wünscht es, man hofft es bloß, man träumt davon. Ich bin jetzt sehr oft ganz, ganz gedankenlos, und wie paßt das zu all der Schönheit, zu all der Freude und zu all der Größe der Natur. Eine himmelblaue Welle ist über mich gekommen und hat mich unter ihrem flüssigen, liebevollen Leib begraben. Ich lebe wieder auf, weil ich viel vergessen habe, ich führe wieder ein Leben, weil ich sehe, daß das Leben schön ist. Zuweilen ist's mir, als möchte ich die Welt, die ganze Welt umarmen und ans frohe Herz drükken. Ich schwärme! und ich bin von Herzen froh, daß ich es noch kann. Ich möchte es nicht verlernen.

ANHANG

NACHWORT DES HERAUSGEBERS

Robert Walser war etwa 35 Jahre alt, als er im Frühjahr 1913 in die Schweiz, in seine Vaterstadt Biel am Rande des Jura zurückkehrte. Hinter ihm lagen bereits zwei abgeschlossene Lebensphasen und Schaffensperioden, die durch je verschiedene charakteristische Haltungen gekennzeichnet waren: die unruhig schweifenden Jugendjahre, in denen er noch in vielerlei Anstellungen gearbeitet hatte und daneben seine teils lyrisch-schwärmenden, teils verspielt-ironischen Dichtungen verstreute; und die sieben Jahre als Großstadtliterat in Berlin, in denen er sich als Romancier, als sensibel skizzierender Erzähler und als kritischer Glossist des Kultur- und Gesellschaftslebens bewiesen hatte. Der Berliner Aufenthalt hatte mit einer Krise und mit Enttäuschungen geendet, die ihn später von einem «Debakel» sprechen ließen, und in Biel begann er gewissermaßen noch einmal von neuem, seine poetische Existenz zu begründen. Aus seinem bescheidenen Quartier, einer Dachstube des Hotels Blaues Kreuz, die er sieben Jahre lang als Dauerpensionär bewohnen sollte, sandte er seine kleinen Botschaften – in der ersten Bieler Zeit schrieb Walser ausschließlich Prosastücke – in die Welt hinaus, die bald in den Rausch und in die Katastrophe eines großen Krieges gerissen werden sollte. Das erste Buch, in dem der Einsiedler fast nur solche Texte sammelte, die er der neuen Umgebung und Orientierung verdankte, war der Band «Kleine Dichtungen».

Robert Walser war 1912 mit dem Verleger Ernst Rowohlt in Verbindung gekommen, dessen damaliges junges Unternehmen kurz darauf in die Hände seines Teilhabers Kurt Wolff überging und unter dessen Namen zu dem bedeutenden Sammelbecken der Literatur des deutschen Expressionismus wurde. Hier erschienen die noch in Berlin zusammengestellten und mit Rowohlt verabredeten Sammelbände «Aufsätze» (1913) und «Geschichten» (1914). Wann und wie es dazu kam, daß Kurt Wolff im unmittelbaren Anschluß an sie als dritte Sammlung die «Kleinen Dichtungen» annahm, läßt sich im Einzelnen nicht mehr klären, da die Verlagskorrespondenz nur lückenhaft erhalten ist. Im Juli 1914, das Buch war bereits in der Herstellung, konnte Walser dem Verlag mitteilen, daß es für eine Auszeichnung durch den «Frauenbund zur Ehrung rheinländischer

Dichter» ausgewählt worden sei. Dieser «Frauenbund», dessen Mitgliederverzeichnis sehr viele bekannte Namen aus der Großindustrie, dem Bankkapital und den Spitzen der Verwaltung aufführt – freilich jeweils die Ehefrauen, Töchter oder sonstigen Damen der Familien –, wurde von Ida Schoeller, einer Dürener Fabrikantengattin und bedeutenden Sammlerin alter und seltener Bücher, geleitet. Bei der Wahl Walsers war vermutlich der Einfluß Wilhelm Schäfers ausschlaggebend, des Erzählers und Herausgebers der Zeitschrift «Deutsche Monatshefte – Die Rheinlande», in der er in diesen Jahren viele Beiträge von ihm veröffentlichte. Auch Hermann Hesse beriet die Auswahl der Ehrungen. Nach seiner späteren Aussage Carl Seelig gegenüber ließ Walser den Geldbetrag, der mit dieser Ehrung – dem einzigen Literaturpreis, den er je erhielt – verbunden war, auf der Dürener Bank stehen, wo er später der Inflation zum Opfer fiel. (Am 14. Februar 1915 erbat er ihn allerdings nach Biel; vielleicht war die Devisenüberweisung wegen des Krieges nicht mehr möglich, obgleich er in «Der Spaziergang» auf einen solchen Geldeingang anspielt. Jedenfalls hatte er 1919 noch ein Konto in Düren.)

Für den «Frauenbund» wurde die erste Auflage der «Kleinen Dichtungen» hergestellt (etwa tausend Exemplare, unter dem Erscheinungsjahr 1914), die der Autor zu signieren hatte. Er fuhr dafür Anfang Januar 1915 nach Leipzig und anschließend noch auf einige Tage nach Berlin – es war das letzte Mal, daß er die Schweiz verließ. Einige Wochen später war das Buch offenbar fertig und ausgeliefert, auch die vom gleichen Satz hergestellte zweite, für den Buchhandel bestimmte Auflage (Erscheinungsjahr 1915). Karl Walser, Roberts Bruder, hatte die Zeichnungen für Deckel und Titelblatt beigesteuert. Das kritische Echo war, soweit es sich feststellen läßt, mager; über die Verbreitung, die das Buch durch den Buchhandel fand, ist nichts bekannt. Spätere Versuche Walsers, im Kurt Wolff Verlag weitere Bücher herauszugeben, scheiterten.

Vergleicht man diese Sammlung mit den vorhergehenden, wird schon im Titel eine gewisse Verwandlung Walsers deutlich, die das «Poetische» in einem an Romantik anklingenden Sinn betont. Dem entspricht die Wahl der Motive (viele aus der Bieler Umwelt gegriffen) und ihre stilisierende Behandlung; charakteristisch ist einerseits die Betonung des Gefühlserlebens, bis zur schwärmerischen Ekstase, andererseits ein zuweilen etwas altertümelnder, schwerer Stil, der

Anekdoten und Erinnerungsbilder mit seinem Pathos überhöht und zugleich entrückt. Ironie und spottendes Spiel der Erzählung mit sich selbst sind keineswegs völlig verbannt – einige Texte am Anfang, deren Entstehungszeit ungewiß ist, erinnern darin sogar an Walsers früheste Prosastücke in der Sammlung «Geschichten» –, aber insgesamt treten sie doch zurück zugunsten einer Haltung, die das Schöne und Bezaubernde, das Träumerische und Geheimnisvolle, die Natur und das Leben in Frömmigkeit verehren, sich ihm berauscht oder auch nachdenklich sinnend hingeben will. «Hier ist alles Schwere, alle Tragik, alles Problematische abgefallen aus dem Leben; Verkommenheit und Überschwang, Armut und Schwelgerei verschweben zu einer süßen Harmonie, in der weder Häßlichkeit noch Fanfaren ertönen», schrieb Kurt Pinthus in einer Besprechung («Zeitschrift für Bücherfreunde», NF, 7. Jg., 1915/16, Sp. 196/97). «Die Welt wird zum Idyll, das Leben zu einem genußreichen, empfindsamen Spaziergang . . . Den Begriff Schuld kennt man nicht in dieser Walser-Welt, selbst das Elend löst sich zur Anmut, und der schäbige und geschundene Mensch genießt hingegeben die karge Feierstunde beseligt in Natur, Erinnerung oder Grübelei . . . Vielleicht hat so einst Gott die Welt geträumt.»

Diese Haltung der Restitution, als bewußt ausgestaltete Rolle (vgl. besonders die letzten fünf Stücke der Sammlung, die deutlich die Heimkehr nach Biel reflektieren), ist die Entfaltung einer der Möglichkeiten, die Walser in sich vorfand, nicht seine ganze Natur, aber auch nicht nur artistische Pose: eher ein Entwurf, eine Demonstration. Darin ist die kritische Abkehr von der etablierten Gesellschaftskultur, wie sie sich in Teilen seiner Berliner Prosa ausdrückt, aufgehoben und das durchgehende Thema der Identitätssuche neu formuliert. Vor allem aber fand Walser aus dieser Grundperspektive, von diesem angenommenen Standpunkt aus neue Möglichkeiten, seine Sprachkunst an den mannigfachsten Gegenständen zu erproben und die Gegenstände sich in ihrem Medium verwandeln und auflösen zu lassen.

S. 15 *Sommerfrische*: Vermutlich 1910 oder 1911 besuchte Robert Walser von Berlin aus einmal die Ostseeinsel Rügen, wo sein Bruder Karl mit Frau die Ferien verbrachte.

S. 29 *Johanna*: Dem Text liegt sicher eine Erinnerung Walsers an seine Jugendjahre in Zürich (1896–1905, mit zahlreichen eingeschobenen Aufenthalten an anderen Orten) zugrunde; vom 1. Oktober 1896 bis zum 20. November 1897 war er als Hilfsbuchhalter bei einer Versicherungsgesellschaft beschäftigt – damals war er 18 bzw. 19 Jahre alt.

S. 30 19. Zeile: «Wir wohnten vier Treppen»: die Auslassung des zu erwartenden «hoch» ist wohl eine eigenwillige Anlehnung an die übliche Adressenformel.

S. 37 *Zwei Bilder meines Bruders*: Vgl. die weiteren Beschreibungen von Bildern Karl Walsers in den Prosastücken «Damenbildnis», «Der Tanzsaal» und «Karls Ritterschlacht» (SW Bd. 16, S. 339 ff.) und eingefügt in der Erzählung «Leben eines Malers» (in «Seeland», SW Bd. 7, S. 7).

S. 41 *Die Gedichte (I)*: Eine weitere Reminiszenz an die ersten Jahre in Zürich – vgl. «Johanna», S. 29, und die Anm. dort, ferner «Der Dichter», S. 84. – Erstdruck (in «Die Zukunft», 5. Oktober 1912) unter dem Titel «Meine Gedichte».

S. 42 *Rinaldini*: Walsers Vorlage ist wohl der berühmte «Rinaldo Rinaldini» (1797–1800) von Goethes Schwager Christian August Vulpius, Vorbild vieler Räuberromane, jedoch verhält er sich ihr gegenüber frei, indem er den Helden am Ende aufs Rad geflochten werden läßt (Vulpius' Rinaldini starb durch eine Kugel).

S. 45 *Tobold (I)*: Die Entstehungszeit ist ungewiß – jedenfalls übergab Walser das Manuskript im Laufe des Jahres 1912 an den Ernst Rowohlt (später: Kurt Wolff) Verlag resp. an Max Brod für das von diesem dort herausgegebene Jahrbuch «Arkadia». Am 16. Dezember 1912 schrieb Walser an Ernst Rowohlt, auf den Plan eines Bandes mit seinen frühen Dramoletten Bezug nehmend: «Was das Versfragment ‹Tobold› betrifft, so möchte ich damit noch warten bis auf eine kommende Gelegenheit.

Jedenfalls besitzen Sie das Erstanspruchsrecht darauf. Ich werde auch weiterhin noch szenisch arbeiten.» – Möglicherweise tritt hier die «Tobold»-Figur zum erstenmal auf, wenn nicht das Prosastück «Der fremde Geselle» in «Aufsätze» (SW Bd. 3, S. 144; Erstdruck Dez. 1912 in «Die Rheinlande») doch der ältere Text ist; in diesem sagt Walser, dieser Name sei ihm «zwischen Schlafen und Wachen eingefallen». (Er ist jedoch keine Erfindung Walsers, sondern ließ sich in Berlin als Familienname nachweisen.) Vgl. ferner die weiteren Figurationen mit diesem Rollennamen in «Spazieren», S. 76, «Tobold (II)» (in «Kleine Prosa», SW Bd. 5, S. 224) und «Aus Tobolds Leben» (in «Poetenleben», SW Bd. 6, S. 83). In den letzten beiden Erzählungen gehört der Name zu der autobiographischen Episode Herbst/Winter 1905, als Walser sich als Diener auf ein Schloß in Oberschlesien engagieren ließ.

S. 56 *Helblings Geschichte*: Vgl. «Helbling» in «Kleine Prosa» (SW Bd. 5, S. 167). Die Figur gleichen Namens tritt auch in den übrigen in der Szenerie des Bankkontors spielenden Erzählungen auf, z. B. in «Ein Vormittag» in «Geschichten» (SW Bd. 2, S. 114). Ein Entwurfsfragment, das im Anhang von Bd. 16 dieser Ausgabe mitgeteilt wird, läßt Helbling stärker als ein Alter ego Walsers erscheinen.

S. 64 9. Zeile v. u.: «die Scheitel»: Helveticismus.

S. 73 *Brief eines Vaters an seinen Sohn*: «Nidau»: Vorort bzw. Stadtteil von Walsers Vaterstadt Biel.

S. 76 *Spazieren*: «Tobold»: vgl. Anmerkung zu «Tobold (I)», S. 45.

S. 94 *Die Stadt (I)*: In der Beschreibung ist Basel zu erkennen, wo Walser 1895 einige Monate gelebt hatte und wo er im Frühjahr 1913, aus Berlin zurückkehrend, wieder Schweizer Boden betrat.

S. 103 *Das Gebirge (I)*: Vermutlich die erste Spiegelung eines Aufenthaltes in Bellelay im Berner Jura, wo Walser von 1913 an häufig bei seiner Schwester Lisa, die dort als Lehrerin tätig war, zu Gast war. Darauf deutet auch die auf S. 104 erwähnte «alte ruinenhafte Klosterkirche»: die inzwischen wiederhergestellte Kirche des 1797 aufgehobenen Prämonstratenserklosters Bellelay, dessen Gebäude seit 1899 einer kantonalen Pflegeanstalt für Geisteskranke dienen. – Zu diesem Text fand sich auf der Rückseite des Manuskripts «Tannenzweig, Taschentuch und Käppchen», S. 135 in diesem Band, das Fragment eines Entwurfs (Handschrift im Besitz des Deutschen Literaturarchivs/Schiller-Nationalmuseum Marbach a. N.):

Ich machte dort nicht viel. Die Gegend ist dort rauh und von einer einförmigen Größe oder großartigen Einödenhaftigkeit. Ich saß in meinem Zimmer und las Bücher, und jeden Tag machte ich meinen Spaziergang. Es war noch Winter, als ich dort oben im Hochtale ankam, und es blieb noch lange Winter. Es schneite an die zwanzig Mal von neuem, doch nach und nach wurde es wärmer. Das Grün triumphierte über das Weiß. Ich ging jeden Tag in den Wald, bei gutem und bei schlechtem Wetter. Einmal überraschte mich das Gewitter im Wald. Der Wald wurde ganz finster, er war grauenvoll anzuschauen. Gräßlich zuckten die Blitze, und der Donner schlug fürchterlich in den prasselnden Regen. Oft stieg ich ins niedrige Tal hinunter. Abstieg und Aufstieg gewährten mir ein großes Vergnügen. Die breiten langgestreckten Berge liegen groß da, ein Bild der Ruhe, Ausdruck der unerschütterten Größe. Es trieb mich stets zu gehen, zu marschieren, und ich durchmaß mit dem fleißigen Fuß die ganze umliegende Gegend. Ein Tal glich dem andern, ein Berg dem nachbarlichen andern. Wohin man schaut, sind immer wieder Tannen. Mitunter blieb ich vor einer hohen und besonders schönen Tanne stehen. Es kommen Tannen vor mit herrlicher Ästebildung, Prachtexemplare, die wert sind, staunend betrachtet zu werden. Die Wiesen und Matten wurden grüner, die Straße war von Grün eingerahmt, und dann kam das saftige, jugendlich-feurige Grün der Buchen, und das Marschieren wurde beschwerlicher. Wie ist im Winter die Sonne schön, wenn man noch über den Schnee geht, und wie schön ist die Sonne wieder im Sommer. Das Vieh war jetzt draußen auf den freien [. . .] Weiden. Mir [machte es eine] Freude[,], die Tiere [. . .]

S. 109 *Der Vater*: In der ersten Zeit nach seiner Rückkehr aus Berlin 1913 wohnte der Autor bei seinem Vater Adolf Walser, im Hause Ackeret an der Quellgasse in Biel; Adolf Walser starb am 9. Februar 1914, nachdem der Sohn sich schon als Dauerpensionär im Hotel «Blaues Kreuz» einquartiert hatte.

S. 112 *Der Pole*: Zweifellos eine Reminiszenz an Walsers Aufenthalt als Diener auf Schloß Dambrau im Kreis Falkenberg, Oberschlesien, im Herbst/Winter 1905.

S. 114 *«Handharfe»*: berndeutsch für Ziehharmonika; «... in eines Kerle Faust»: «Kerle» ist als Helvetizismus anzusehen, entspricht dem mundartlichen «Kärli», gleichbedeutend mit Kerl, obwohl der Form nach Diminutiv.

S. 114 *Der Doktor*: Vgl. «Doktor Franz Blei» in «Kleine Prosa», SW Bd. 5, S. 212, wo vermutlich auf das gleiche Erlebnis einer Begegnung Bezug genommen ist. In der auffallenden Erscheinung dürfte also auch hier Franz Blei zu erkennen sein (der freilich kein Doktor der schönen Literatur, sondern der Rechte war).

S. 121 *Die Millionärin*: Vgl. hierzu «Frau Scheer», SW Bd. 16, S. 284, ein ausführliches Porträt der gleichen Frau, zu der Walser ursprünglich als ihr Mieter, dann als eine Art Sekretär und Gesellschafter, den sie finanziell unterstützte, in nähere Beziehung trat, bis sie starb. Den zeitlichen Hintergrund bildet sein letztes Berliner Jahr 1912. Auch zu diesem Text fand sich ein fragmentarischer Entwurf, und zwar auf der Rückseite des Manuskripts zu «Das Pferd und die Frau», S. 138 in diesem Band (Handschrift im Besitz des Deutschen Literaturarchivs/Schiller-Nationalmuseum Marbach a. N.):
[*gestr.*: Es lebte] Hast du die arme, reiche Frau nicht gekannt? Dann will ich sie dir schildern. Obschon sie reich war, vernachläßigte sie sich, trug alte schlechte Kleider und ließ sich halbgekämmt oder ganz ungekämmt vor den Leuten sehen. Zerzaust und unordentlich, wie sie erschien, wurde sie von den Leuten Zigeunerin und alte Hexe genannt. Die Leute haßten sie, und sie wußte es, die Arme! Das Stadtviertel war voller Geflüster, Gemunkel und Getuschel über sie, und auch das wußte sie. Redet man über dich noch so geheim und leise, es kommt dir doch einmal zu Ohren. Viel Häßliches mußte die arme Frau erleben. Sie hatte keine Freude an dem vielen Geld, das sie besaß, kein Zutrauen zu den Menschen und keine Lust am Leben. Deshalb vernachläßigte sie sich so sehr.

Ihr Äußeres erzählte die traurige und müde Geschichte vom Leben-Satt-Haben und vom Keine-Freude-mehr-am-Leben-Haben. Auch keine Zeit hatte sie, sich irgend etwas zu gönnen, denn sie war die arme und [.........] abscheulichen Reichtums. Reichtümer ...

S. 127 *«Geschwister Tanner»*: Walser schrieb seinen ersten Roman unmittelbar nach seiner Rückkehr aus Oberschlesien nach Berlin, Anfang 1906. Sein Bruder Karl, der ihn in seine Wohnung in Charlottenburg, Kaiser-Friedrich-Straße 70, aufgenommen hatte, war zu dieser Zeit Max Reinhardts bevorzugter Bühnenbildner.

S. 129 *Eine Stadt (I)*: Sofern der Skizze ein reales Erlebnis zugrunde liegt, bezieht sie sich wohl auf Walsers erstes Wiedersehen mit Zürich etwa im Sommer 1913.

S. 163 *Oskar*: Nach Meinung von Professor R. Kuhn, Münsterlingen, der aus Biel stammt und dessen Mutter eine Jugendfreundin von Robert Walsers Schwester Lisa war, ist als Modell dieses Stücks eine bekannte Bieler Erscheinung der Jahrzehnte vor und nach der Jahrhundertwende anzusehen: Oskar Schuhmacher, ein Bruder von Frau Flora Ackeret, die eine gute Bekannte der Walsers war und mehrfach in Figuren des Werks wiederzuerkennen ist. Oskar Schuhmacher, ein manuell sehr geschickter Schizophrener, der ein einzelgängerisches Leben führte, dürfte Robert Walser in seiner Jugend jedenfalls begegnet sein. – Trotz dieses Zeugnisses bleibt die Bezugnahme des Textes ungewiß. Ich sehe in ihm eher die Spiegelung einer bestimmten Periode in Walsers Zürcher Jünglingsjahren; manches in der Haltung, die er sich jetzt während der Bieler Zeit zuschrieb, klingt an die damalige Lebensstimmung an. (Vgl. dazu «Aus meiner Jugend», SW Bd. 16, S. 249, aber etwa auch «Der Dichter», S. 84 in diesem Band, wo sich z. T. wörtliche Anklänge wiederfinden.) «Oskar» ist einer der Rollennamen Walsers in der Einleitung zu «Tobold (II)» (vgl. SW Bd. 5, S. 224), wo er aus dem frühen Dramolett «Dichter» (SW Bd. 14, S. 34) wiederaufgenommen wird. Dieser Name könnte allerdings – vergleichbare Fälle sind bei Walser häufig anzunehmen, wenn auch nur selten exakt zu belegen – von jenem Oskar Schuhmacher entliehen sein und irgendeine geheime Anspielung auf dessen Wesen oder Lebensschicksal beinhalten, d. h. eine Identifikation.

S. 171 *An den Bruder*: Als gedachter Empfänger ist Karl Walser vorzustellen, der in Berlin geblieben war, während Robert nach den dort zum Teil in enger Gemeinschaft verbrachten Jahren Anfang 1913 nach Biel zurückgekehrt war.

ZEITTAFEL

1878	Robert Otto Walser am 15. April in Biel geboren.
1884-1892	Besuch der dortigen Volksschule und des Progymnasiums.
1882-1895	Lehre bei der Bernischen Kantonalbank in Biel.
1894	22. Oktober: Tod der Mutter.
1895	April bis August in Basel, anschließend für ein Jahr in Stuttgart, wo damals auch sein Bruder Karl lebte. Vergebliche Versuche, Schauspieler zu werden.
1896	Rückkehr in die Schweiz. Anmeldung am 30. September in Zürich, wo er, abgesehen von kürzeren anderweitigen Aufenthalten, in den folgenden zehn Jahren lebt. 1. Oktober bis 20. November 1897 Hilfsbuchhalter bei der Allg. Versicherungs-A.G. «Schweiz».
1897	Ende November: Reise nach Berlin.
1898	8. Mai: Erste Veröffentlichung (eine Auswahl Gedichte) durch Josef Viktor Widmann im «Sonntagsblatt des Bund» in Bern. Hierdurch Bekanntschaft mit Franz Blei.
1899	Frühjahr in Thun. Mai bis Mitte Oktober vermutlich erster, nicht belegter Aufenthalt in München, wo ihn Franz Blei in den Dichter- und Künstlerkreis der Zeitschrift «Die Insel» eingeführt haben dürfte.
1900	Oktober 1899 bis April 1900 in Solothurn.
1901	September in München. Wanderung nach Würzburg, wo er Max Dauthendey besucht.
1902	Januar in Berlin, Februar bis April bei seiner Schwester Lisa in Täuffelen am Bielersee, anschließend wieder in Zürich.
1903	März in Winterthur, 15. Mai bis 30. Juni Rekrutenschule in Bern, Ende Juli bis Dezember «Gehülfe» des Ingenieurs Dubler in Wädenswil am Zürichsee.
1904	Ab Januar wieder in Zürich, Angestellter der Zürcher Kantonalbank. November erster Militär-Wiederholungskurs in Bern. Ende November erscheint im Insel-Verlag Leipzig sein erstes Buch «Fritz Kochers Aufsätze».

1905 Im März Übersiedlung nach Berlin, wohnt bei seinem Bruder Karl. Juni kurzer Aufenthalt in Zürich. Oktober bis Ende 1905 Diener auf Schloß Dambrau in Oberschlesien.

1906 Anfang Januar Rückkehr nach Berlin. Niederschrift des Romans «Geschwister Tanner» (erscheint im Frühjahr 1907 bei Bruno Cassirer). Kurzzeitig Sekretär des Kunsthändlers, Verlegers und Geschäftsführers der Berliner Sezession Paul Cassirer (ev. auch erst im folgenden Jahr). Sommer/Herbst Niederschrift eines zweiten, nicht erhaltenen Romans.

1907 Januar: Weitere Roman-Pläne, von deren Ausführung nichts überliefert ist. Juni/Juli: Abschluß des Manuskripts «Der Gehülfe» (erscheint im Frühling 1908 bei Bruno Cassirer). Bezug einer eigenen Wohnung in Berlin-Charlottenburg, Wilmersdorfer Str. 141.

1908 Entstehung des Romans «Jakob von Gunten» (erscheint im Frühling 1909 bei Bruno Cassirer). Juni/Juli: Ballonfahrt von Berlin nach Königsberg mit Paul Cassirer.

1909 Bibliophile Ausgabe der «Gedichte» mit Radierungen von Karl Walser bei Bruno Cassirer.

Aus der Zeit von 1909 bis November 1912 sind nicht nur keine Briefe erhalten, sondern es fehlen auch sonstige Belege für seine damaligen Lebensumstände.

1912 November: Wohnt in einer eigenen Wohnung oder einem Zimmer in Charlottenburg, Spandauerberg 1. Vorbereitung der Prosabände «Aufsätze» (erscheint im Frühling 1913 bei Kurt Wolff in Leipzig) und «Geschichten» (erscheint 1914 ebenfalls bei Kurt Wolff).

1913 März: Rückkehr in die Schweiz. Wohnt zunächst bei seiner Schwester Lisa in Bellelay, dann kurz bei seinem Vater im Hause Akeret in Biel. Bezieht im Juli eine Mansarde im Hotel Blaues Kreuz in Biel, wo er während der nächsten sieben Jahre bleiben wird. Beginn der Freundschaft mit Frieda Mermet.

1914 9. Februar: Tod des Vaters.

Frühling: Vorbereitung des Prosabandes «Kleine Dichtungen», für den Walser im Sommer einen Preis des

«Frauenbundes zur Ehrung rheinländischer Dichter» erhält. Die erste Auflage, «hergestellt für den Frauenbund . . .», wird im Herbst 1914 gedruckt, die zweite erscheint 1915 bei Kurt Wolff in Leipzig.

Kriegsausbruch. 5. August bis 4. September: (1.) Militärdienst in Erlach; 21. September bis 13. Oktober: (2.) Militärdienst in St. Maurice.

1915 Anfang Januar: Kurze Reise nach Leipzig und Berlin.

25. Januar: Gebrüder-Walser-Abend des Lesezirkels Hottingen in Zürich.

6. April bis 13. Mai: (3.) Militärdienst in Cudrefin (Jura); 6. Oktober bis 3. Dezember: (4.) Militärdienst in Wisen.

1916 Sommer: Anfragen der Verlage Huber und Rascher wegen eventueller Veröffentlichungen. September: Manuskript «Der Spaziergang» abgeschlossen (erscheint April 1917 bei Huber & Co. in Frauenfeld). Oktober: Zusammenstellung des Bandes «Prosastücke» (erscheint Ende November 1916 mit Druckvermerk «1917» bei Rascher in Zürich).

17. November: Tod des Bruders Ernst in der Heilanstalt Waldau bei Bern.

1917 Frühjahr: Zusammenstellung der Sammlungen «Kleine Prosa» (erscheint im April bei A. Francke in Bern) und «Studien und Novellen» (in dieser Form nicht erschienen). Mai: Abschluß des Manuskripts «Poetenleben» (erscheint November 1917 mit Druckvermerk «1918» bei Huber & Co. in Frauenfeld).

16. Juli bis 8. September: (5.) Militärdienst im Tessin.

1918 Januar: Abschluß des Manuskripts «Seeland» (erscheint mit Druckvermerk «1919» erst 1920 bei Rascher in Zürich). 18. Februar bis 16. März: (6.) Militärdienst in Courroux. Mai: Abschluß des Manuskripts für den nicht erschienenen Prosaband «Kammermusik».

Winter: Arbeit an dem Roman «Tobold».

1919 März: Fertigstellung des Manuskripts «Tobold».

Eine zweite Auflage der «Gedichte» und der Band «Komödie» erscheinen bei Bruno Cassirer in Berlin.

1. Mai: Tod des Bruders Hermann.

November/Dezember: Zusammenstellung einer kleinen, nicht erschienenen Prosasammlung «Mäuschen» (vermutlich identisch mit der in der gleichen Zeit brieflich erwähnten, ebenfalls nicht erschienenen Sammlung «Liebe kleine Schwalbe»).

1920 8. November: Leseabend im Kleinen Tonhallensaal in Zürich.

1921 Januar: Übersiedlung nach Bern. Während einiger Monate zweiter Bibliothekar des Berner Staatsarchivs.

Arbeit am Roman «Theodor», der im November abgeschlossen wird.

1922 8. März: Vorlesung aus dem Roman «Theodor» im Lesezirkel Hottingen in Zürich, anschließend für acht Tage Gast beim Maler Ernst Morgenthaler in Wollishofen.

Anfang der zwanziger Jahre erhielt Robert Walser aus zwei Erbschaften (des Bruders Hermann und des Onkels Friedrich Walser) insgesamt 15 Tsd. Franken.

1923 Juni: Spitalaufenthalt wegen Ischias.

Herbst: Wanderung nach Genf.

1924 22. Juli: Austritt aus dem Schweizerischen Schriftstellerverein.

1925 Februar: das letzte Buch, «Die Rose», erscheint bei E. Rowohlt in Berlin.

Frühjahr: Arbeit an den «Felix»-Szenen.

Zusammenstellung eines nicht erschienenen Prosabandes und Arbeit am «Räuber»-Roman.

Anfang September: Ferienaufenthalt mit Frau Mermet in Murten.

Oktober: Beginn der Korrespondenz mit Therese Breitbach.

1928 15. April: 50. Geburtstag des Dichters.

1929 25. Januar: Eintritt in die Heilanstalt Waldau, Bern. Nach einer Pause von vermutlich einigen Monaten Wiederaufnahme der Korrespondenz mit Redaktionen und Fortsetzung der literarischen Arbeit (bis 1933).

1933 Juni: Verbringung nach Herisau, in die dortige Heil- und Pflegeanstalt seines Heimatkantons Appenzell-

Außerrhoden, wo er bis zum Lebensende bleibt. Keine schriftstellerische Arbeit mehr.

Neuauflage der «Geschwister Tanner» bei Rascher in Zürich.

1936 Carl Seelig besucht erstmals den Dichter in Herisau. Beginn gemeinsamer Wanderungen und Gespräche.

Neuausgabe «Der Gehülfe» im Verlag der Bücherfreunde, St. Gallen.

1937 Auswahl «Große kleine Welt», herausgegeben von Carl Seelig.

1943 28. September: Tod des Bruders Karl.

1944 7. Januar: Tod der Schwester Lisa.

Carl Seelig übernimmt die Vormundschaft. Von ihm besorgte Auswahlbände und Neuausgaben: «Vom Glück des Unglücks und der Armut», «Stille Freuden», «Der Spaziergang» und «Gedichte».

1947 Auswahl «Dichterbildnisse» und die erste Biographie des Dichters: Otto Zinniker, «Robert Walser der Poet».

1950 Neuausgabe «Jakob von Gunten».

1953 Beginn der von Carl Seelig herausgegebenen «Dichtungen in Prosa».

1956 Tod Robert Walsers am Weihnachtstag (25. Dezember) auf einem einsamen Spaziergang.

INHALT